聖剣、解体しちゃいました

I have taken the holy sword apart.

目次

聖剣、解体しちゃいました
I have taken the holy sword apart.

第1章　鍛冶屋大暴れ編

鍛冶屋の息子

オークレア王国北部に位置するワーガルの街。

ここはオークレア王国を建国した勇者の生まれた街として有名な以外はなにもない街であった。

王都からも離れていたこともあって、勇者の出生地ではあったが、のどかな田舎町で伝説巡りの観光客がときどき訪れるくらいの街であった。

俺はそんなワーガルの街で代々続く鍛冶屋に生まれた。

生まれたときから、暑い中、毎日毎日必死に鍛える親父の仕事姿を見ていた。

父の姿は息子の俺から見ても、とてもかっこよかった。

四歳のころには自然と手伝いをしていた。

将来はいい鍛冶師になると親父はいつも褒めてくれた。

十三歳になると、親父は俺を王都にある鍛冶の専門学校に通わせてくれた。

しかし、俺が卒業を控えた十五歳になったとき悲劇が起こった。

親父が素材を採りに行った際にモンスターに襲われて死んでしまった。

俺は、ワーガルの街に戻ると周りの支えもあって、鍛冶屋を継いだ。

必死に働いているうちに五年の年月が過ぎていた。

「トウキ、いる？」

隣の道具屋の娘、幼馴染のエリカが工房の扉を開けていう。

「ああ、エリカか。ちょうどおやじさんに頼まれていた包丁と短剣ができたところだ。持って行こうと思っていたんだ」

エリカの家は昔からうちの商品を扱ってくれているお得意さんだ。

「お、さすがですなぁ～。王都仕込みの腕前は」

「やめろよ。俺なんて鍛冶屋ランク３だ。まだまだだよ」

この世界では、職業にランクがあり、極めていくごとにランクが上昇していく。

普通の人は引退するころにはランク５くらいにはなる。

幼いころから店を手伝っていたエリカは商人ランク２である。

そのため、二十歳にしてランク３であるトウキは十分すごかった。

だが本人は全く満足していなかった。

「そうなの？　３でも十分すごいと思うけど。ほら、この包丁なんて」

そう言うと「えい！」と言ってエリカは包丁に対して鑑定スキルを使う。

人々には職業に対応したスキルが神から付与される。

職業ランクが上がれば強化されるものや、取得と同時に効果を発揮するものがある。

トウキの持つ鍛冶スキルは鍛冶屋ランクが上昇すれば効果が上昇するタイプで、エリカの持つ鑑定スキルは商人ランクが上昇しても効果は上昇しない。

鑑定スキルは道具の名前やステータスを表示してくれるスキルだ。

【包丁】
攻撃力　20　切れ味保持（小）

「ほら、切れ味保持の能力がついてる。これって料理する側からするとすごい便利だし、この辺の鍛冶師でこれ付与できるのトウキだけなんだよ？　おかげでうちは儲かっているし」

「そうなんだ。初耳だ」

「全くほんと、鍛冶以外には興味ないんだから。売上もほとんど書籍や素材に使っちゃうし」

「ちゃんとお前に払う給金は残してるだろ？」

俺は一人暮らしなので、給金を払って家事をエリカにお願いしている。

「もう、私はいらないって言ってるのに！　そのお金で少しはおしゃれするとか、遊びに行くとかしなさいよ！」

「だめだよ！　ちゃんと働いてもらったらお金を払わないと！」

「あんた変なところで律儀ね。まあ、とりあえず包丁と短剣は貰っていくわね。あとで夕食作りに来るから」

「ああ、わかったよ」

そう言ってエリカは包丁と短剣を持って、出て行った。

「さてと、どうするかな」

仕事にひと段落した俺は暇をどう潰そうか悩んだ。

「ふう、エリカの言う通りこういうとき遊びを知らないと困ってしまうな」

しばし考えたあと、ちょうど花も枯れている頃だろうと思い、親父の墓参りに行くことにした。

親父の殺された辺りは今では開拓が進んでモンスターも出なくなり、安全に墓参りができるようになった。

俺は商店街で花を買うと、親父の下へと向かった。

九死に一生

俺は親父の墓前に花を供えて、祈りを捧げるたあと、墓の側に座って少しゆっくりとしていくことにした。

「親父、俺はなんとかやっているよ。親父が王都の学校に行かせてくれたおかげで若輩の俺でも一人前と認めてもらって仕事もある。とりあえず、俺の代で鍛冶屋を畳むことはなさそうだ」

十五歳で始めて、二十歳の若造の店が未だに健在なのはひとえに親父のおかげであった。

王都の学校で学んだおかげで知識と技術はあったし、親父のお得意さんが助けてくれた。

もしも俺の代で鍛冶屋を畳むことになると、親父にも先祖にも申し訳なかった。

親父が言うには、うちはかつて勇者のパーティーに武器を提供したこともあるそうだ。

だが、それが本当かは疑わしい。

なんせ、この街は勇者が生まれた街であり、どこの店も箔を付けるために勇者との関連を謳《うた》っていた。

宣伝している店の中には明らかに勇者のいた時代にはなかった店もあったが、それも商人のたくましさということで、悪質でもない限り放置していた。

うちは記録によれば勇者の時代にはあったみたいだが、勇者に武器を提供したかはわからない。

「さて、俺はそろそろ行くわ。エリカを待たせても悪いし」

そう言って、俺が立ち上がり、工房へ帰ろうと歩き出したときだった。

「グルルル…」という獣のうなり声が聞こえた。

しまった、モンスターは出ないと決めつけて全く武装をしていない。

俺だって村の自警団の訓練は受けたし、鍛冶屋をしているくらいだから筋力にも自信はある。

だが、丸腰はさすがに危険だ。

俺は周囲を警戒しながらゆっくりと歩く。

その間も獣のうなる声は聞こえており、機をうかがっているようであった。

うなり声からして、この辺りに生息するサーベルキャットと呼ばれる牙の生えた猫のようなモンスターであろう。

人間の子供くらいある体長と凶暴性は猫と全く正反対であるが。

「やばいなぁ…」

ゆっくりと街の方へと歩いていたが、街へと続く道の方からも唸り声が聞こえてきた。

サーベルキャットは群れで狩りをする。

人間が街へと逃げることを奴らは知っているのだろう。

的確に逃げ道を塞いできた。

俺がどうしたものかと考えていると、ついに一匹のサーベルキャットが茂みから飛び出してきた。

「うわっ！」

俺はそれを間一髪で避《よ》けると、森の方へと駆け出した。

やばいぞこれは。逃げ道がこっちしかなかったけど、森は奴らの庭だ。

クソ、親父に俺の代では鍛冶屋を潰させないって報告した矢先にこれかよ！

俺は必死に走る。ときどき飛びついてくるサーベルキャットの爪で皮膚を切り裂かれながらも、直撃だけはなんとか避けて逃げる。

どこまで逃げればいいいんだ。これなら包囲網を突破して街に戻ればよかった。

「うげっ！」

俺がどうしようもない後悔をしていると、突然何かに引っかかって豪快に転ぶ。

そのおかげで、飛びついてきたサーベルキャットを運よく避けることができた。

「ったく、いってぇなぁ」

つい悪態をついてしまう。

何に引っかかったのかを確認すると一振りの剣であった。

「やった。誰のかは知らないが借りるぜ」

俺はなんでこんな森の中に打ち捨てられるように剣があるのかはわからなかったが、おそらくモンスターに襲われた人の遺品だろう。

俺は剣を拾うと鞘から抜いて構える。

「なんだ…、この剣…」

鞘から抜いた剣は野晒《のざら》しにされていたとは到底思えない、輝くような刀身をしており、さらに構えた途端に力があふれてきた。

間違いなくなんらかの能力が付与されている。

俺は鑑定スキルを持っていないから、この剣についてはわからない。

ただ少なくともこの危機を突破することはできそうだ。

「よし！　かかってこい！」

俺は気合を入れると、先ほど頭上を飛び越えて行ったサーベルキャットに対峙した。

「グルルル…、ギャァァオオ！」

サーベルキャットが飛びついてくる。

俺はサーベルキャットの動きに集中する。

するとサーベルキャットの動きがスローモーションになった。

「これ、とんでもない剣なんじゃないか？」

そう思いながらも俺は難なく飛びついてきたサーベルキャットを横一文字に切る。

まるでチーズを切るかのように滑らかに刃が滑って行った。

「！！！！」

鍛冶屋の俺は驚愕《きょうがく》した。この世にこんな刃物があるのか！

もはやサーベルキャットを倒したことなどどうでもよく、この剣の出来に興奮していた。

「ギャァァァオオ！」

仲間を殺されたことで俺を囲んでいたサーベルキャットがいきりたつ。

だが、この剣を装備した俺の前では風の前の塵《ちり》であった。

次から次へとサーベルキャットの前に高速移動し、一刀のもとに切り伏せた。

「す、すごい……。あんなに切ったのに切れ味が落ちてない。それに一介の村人の俺がまるで達人のように戦えた」

俺はさっきまでとは違う理由で一刻も早く工房に帰りたかった。

今すぐこの剣を調べ上げたかった。

俺は剣の効果で疾風のように工房へと走った。

聖剣エクスカリバー

俺は街に着くと、すぐさま工房の扉を開けた。

工房の扉を勢いよく開けると、そこには掃除をしているエリカがいた。

「きゃっ！」

エリカは驚きのあまり尻餅をついて倒れた。

「おっと、すまない」

「すまないじゃないわよ！　音もなく工房に近づいていきなり扉を開けるんだもん！　ホントびっくりしたわ！」

「ははは…」

あんなに早く走ったのに、エリカには俺の足音が聞こえていないのか。

ますますこの剣のことが気になった。

「そんなことよりエリカ！」

「そんなことってなによ！」

「この剣を鑑定してくれよ！　頼むよ！」

そう言って俺は腰に差した剣を差し出す。

「どうしたのこれ？」

「親父の墓参りに行ったときに森で拾ったんだ」

「拾った!?　あんた何考えてるの！」

「いや、サーベルキャットに襲われて緊急事態だったんだよ」

「えっ！　ちょっとトウキ、怪我《けが》はないの？」

「ああ、大丈夫さ。この剣に付与された能力のおかげでね」

「この剣そんなにすごいの？」

「ああ！　すごなんてもんじゃない！　きっとこの剣を作った人間は鍛冶屋の神様だ！　な、エリカも気になるだろう？」

エリカはこうなってしまった幼馴染は歯止めがきかないことを知っていた。

仕方ないわねとばかりに肩をすくめる。

「貸しなさい。鑑定してあげる」

そう言うとエリカはトウキから剣を受け取ってから、鞘から抜き取る。

そして、エリカは固まった。

「どうしたの？」

「ここここここれ、これを、これを見なさいよ！」

そう言って表示された鑑定結果を見せてくる。

【聖剣エクスカリバー】
攻撃力　9999　光属性　全ステータス強化（極大）
状態異常耐性（完全）　自動回復（極大）　切れ味保持（永久）

「は？」

俺は意味がわからなかった。

この世界では一般的なロングソードの攻撃力が80くらい、業物と呼ばれるものが攻撃力200といったところだ。

それが攻撃力9999だなんて異常どころの話ではない。

さらに付与されている能力がどれも目にしたことのないものだった。

だが、俺がサーベルキャットの群れを簡単に殲滅《せんめつ》できたのもうなずける。

「これ！　勇者が持っていたと言われている剣じゃない！　あんたこんなのどうしたのよ！」

エリカは興奮しながら俺の襟をつかんでブンブンと前後に振り回す。

「お、おい！　やめろ！　森で拾ったたって言ってるだろ！」

「こんなもん落ちてるわけないでしょ！」

「落ちてたんだよ！」

やはり、ここは勇者の生まれた街で間違いないと俺は思った。

欲には勝てない

トウキがエクスカリバーを拾ってから三日が経《た》った。

あのあと私は「今すぐ王都に知らせた方がいい」と言ったのだけど、トウキは「王国の法律では拾ったんだから俺の物だ！」と言って聞かなかった。

結局、勇者の物を持っていることがバレたらどうなるかわからないから、返還することになったが、せめて三日待ってほしいというトウキに負けて今日まで待っていた。

あの日から、「世話をしに来なくていい」とトウキは言って工房に籠っている。

一度様子を見ようと工房の扉を開けたら鬼のように怒られた。

納期が来たものは、工房の前に置かれていて仕事はちゃんとしているようだけど…。

ともかく、約束の日が来たので私は王都へ勇者ゆかりの物が見つかったと速達で連絡してから工房へと足を運んだ。

「トウキ、入るわよ」

私は工房の扉を開ける。

「うっわ、なにこれ」

工房の中はゴミだらけであった。

おそらく、二階の居住スペースに行かず、工房でこの三日を過ごしたのだろう。

こうなるから、私が世話をしていたというのに……。

「こらトウキ、約束の日よ」

そう言って工房の奥へと足を踏み入れる。

「あ、ああ……、エリカか……」

そこには目の下に大きなくまを作って、よれよれの服を着たみすぼらしい男が居た。

「ち、ちょっとトウキ！　大丈夫なの！」

「ああ、三日寝てなくて、ご飯もあまり食べてないんだ。それよりもすまないエリカ……、俺にはダメだった……」

「なにがよ？」

「なあ……、俺と一緒に死んでくれるか？」

「は？　へ？」

急に何を言い出すのこいつは？

なんでこんなムードもなにもない状況でプロポーズしてくるの？

いやトウキらしいけど……。

私にだって心の準備ってものがあるのよ！

ま、まあ……、別に嫌なわけじゃないけど……。

「う、うん。わかった。私でいいの？」

「お前以外いないだろう…」

「トウキ…」

全くほんとこいつは私が居ないとダメね。

私が一人感動していると、トウキがおもむろに一点を指差した。

私がそっちを見ると、エクスカリバーが置いてあった。

ただ、なんだろう。前に見たような輝きが感じられない。

「こ、これがどうしたの？」

「鑑定してくれないか？」

私は恐る恐る鑑定する。

【聖剣エクスカリバー】
攻撃力　1000

「は？」

おかしい、この前見たときはもっとすごい能力をしていたはずだ。

「ちょっとトウキこれはどういうこと？」

するとトウキは地面に手を突き、頭を地につけた。

そう、土下座の格好である。

「すいませんでした！　最初は表面を見てただけだったんだけど、だんだん柄を外したり、知的好奇心に勝てずに解体したり溶かして作り直したりしてました！　そしたら輝きを失っちゃって…」

「はあああああああああ！！！！！！！」

村中に私の叫び声が響き渡る。

村人は「また道具屋の夫婦喧嘩がはじまったわい。今日は一段と大きいのう」と思っていたが、当事者はそれどころではなかった。

「あんたどうすんのよ！　もう私、王都に連絡しちゃったわよ！」

「いやだから一緒に死んでくれと…」

「あれはホントの意味だったのね！　サイテイ！」

「しかたないだろう！　目の前にあんなものあったら研究したくなるさ！」

「なに自慢げに言っているのよ！」

「けど大丈夫だ。俺に考えがある」

「なによぉ？」

私は半泣きでトウキに尋ねる。

「それはな………」

ばれなきゃ大丈夫

連絡をしてから数日後、王都から役人がやってきた。

私は、役人を案内するため村の入り口で待っていた。

「そなたが連絡をくれたエリカ殿か？」

「はい」

「では早速、勇者ゆかりの物を見せてもらおう」

「こちらです」

私は役人をトウキのところへと案内する。

「ふむ。勇者の物を見つけたと連絡してくる者はよくいるが多くは偽物である。今回は勇者生誕の地、ワーガルということで少し期待しておるのだ」

「そ、そうですか」

冷や汗が止まらない。

しばらく歩いてトウキの工房の前に着く。

「貴殿が勇者の物を見つけたというトウキ殿か？」

「はい。そうです」

「ふむ。では早速見せていただこう」

「こちらです」

トウキはすっかり輝きを失った聖剣を手渡す。

「では早速鑑定をしてみよう」

そう言うと役人は剣に手をかざす。

【聖剣エクスカリバー】
攻撃力　1000

「こ、これは！」

役人は驚《おどろ》きのあまりしばらく固まる。

まさか、バレたの!?

私の心臓が飛び跳ねそうになる。

「ま、間違いない！　勇者が魔王討伐に使ったと言われる失われた聖剣エクスカリバーだ！！！」

役人は興奮のあまり大声で叫ぶ。

「トウキ殿！　いったいどこでこれを見つけたのだ！」

「はい。この街の外れにあります森の中で見つけました」

「そうか！　その森とやら調査してみる必要があるな。しかし、さすが勇者生誕の地と呼ばれる街ワーガルだ」

「はい。私も最初に見つけたときは、びっくりいたしました」

トウキが白々しく答える。

「しかし妙だ」

突然役人が首をかしげる。

「確かに攻撃力１０００というのはすごい。だが、伝承にある聖剣の力はこんなものではなかったはずだ。光のように輝き、持つ者の能力を大きく上昇させ、如何《いか》なる状態異常も弾き飛ばし、どんな怪我でも瞬時に治したというが…」

「そ、それはですね！」

私はあせって声が上ずりながら答える。

「それは？」

「そ、それは…、えっ、えーと…」

まさか役人がこんなにも聖剣について詳しいなんて。

予想外の出来事にどうしていいのかわからなくなる。

「よろしいですか？」

トウキが静かに話し出す。

「なんだね？」

役人は鋭い視線をトウキに浴びせる。

「はい。一介の街の鍛冶師の目線ではありますが、考えられる理由は三つです」

「ほう」

「一つ目は伝承自体が間違っている可能性です。こういう話はえてして盛られているものです。二つ目は伝承にはないが聖剣は力を失ってしまったということ。三つ目は聖剣は森の中に打ち捨てられるようにして見つかりましたので経年劣化した。この三つが考えられます」

「なるほど。トウキ殿の言うことは筋が通っているな」

「ありがとうございます」

「ともかく、これは王都へと持って行く。そなたには発見の報酬がいずれ支払われるだろう」

「わかりました」

そう言うと役人は聖剣を持って去って行った。

私とトウキは村の入り口で役人を見送っていた。

役人の姿が見えなくなった途端、トウキが突然しゃべりだす。

「だはー！　こわかったー！」

「怖かったじゃないわよ！　役人の人が気付きそうになったときにはびっくりしたわよ！」

トウキの作戦とは、『見つけたときからその状態でしたよ』作戦であった。

トウキが「エリカの鑑定で作り直した剣の名称が【聖剣エクスカリバー】のままだったからいける」と豪語してこの作戦を決行した。

「全く…、ほんとに怖かったんだからね」

私は緊張の糸が解けて泣き出してしまった。

「お、おい。悪かったって。ほら、お詫びになんでもおごってやるから」

「ほんとう?」

「ほんとほんと」

私は街で一番高いレストランに連れて行ってもらいました。

トウキはワインだけ頼んで終始白目だったけど、自業自得よ。

それから数日後に大規模な調査隊が街に来たけど、何も見つからなかったそう。

伝説のはじまり

役人が来てからというもの、調査隊に付き合わされたりしてまともに作業をすることができなかった。

俺が作業に戻れたのは、エクスカリバーを拾ってから一か月を過ぎていた。

「さて、じゃんじゃん作らないとな。うちの家計火の車だし…」

一か月作業ができないせいで収入がなかったのに加えて、エリカへの臨時出費があったせいで、かなりやばかった。

「だが、こういうときでもなんとかなるように人生ってなってるんだな」

なんでも街の自警団が武器を一新するとのことで、エリカのおやじさん経由でロングソードの注文が大量に入っていた。

「よし。始めるか」

俺は早速ロングソードの作製に取り掛かった。

…どういうことだ?

俺はロングソード一本をわずか十分で作り上げてしまった。

この世界の鍛冶師は鍛冶屋ランクに応じて鍛冶スキルが成長し、作製時間や付与できる能力に補正が掛かる。

例えば鍛冶屋は作製するものを念じながら素材を加工するが、ランクが高いと念じた形にすばやく加工ができる。

俺の実力ならロングソード一本はどう頑張っても二時間は掛かっていた。

それがわずか十分である。

「こりゃとんだ粗悪品を作ってしまったな…ってわけでもなさそうだなぁ…」

出来上がったロングソードは見事な輝きを放つ、業物であった。

「…。まあ、深く考えてる場合じゃないか。早くできるならそれに越したことはない。じゃないとマジで飯が食えないしな」

俺は黙々と作業を続けた。結局俺は頼まれていた三百本をわずか数日で作製してしまった。

俺は意気揚々とエリカの店へと納品しに行く。

「こんにちは」

「あらトウキ、いらっしゃい。どうしたの？」

「おやじさんは？」

「お父さんなら今は配達中」

「そうか。いやな、頼まれていたロングソードを納品しようと思って」

「ヴぇ！」

驚きのあまりエリカが若い女性の出してはいけない声を出していた。

「ち、ちょっと待って。あれって三百本だったよね？　もうできたの？　うそでしょ？」

「これがうそじゃないんだなあ」

「証拠見せなさいよ！」

「急に叫ぶなよ」

俺はエリカを工房に連れて行く。

そこには製作したロングソードが三百本、きっちりと置いてあった。

「しんじられない…」

エリカは開いた口が塞がらないといった感じであった。

「あ、あんた粗悪品作ったんじゃないでしょうね！　いくらトウキでもそんなもの買い取らないからね！」

「なら鑑定してみろよ」

実際俺自身もエリカにロングソードを鑑定してほしかった。

なんせ今まで作ったどの剣より輝きを放っているのだから。

「ええ、いいわ」

そう言うとエリカはロングソードに手をかざす。


【ロングソード極】

攻撃力　600　　防御力　200　　切れ味保持（大）

「…は？　なにこれ？」

エリカは自身の理解の範疇《はんちゅう》を超えているのか、そう言うと固まってしまった。

「うわ…、すげえなこれは。ギルドで討伐依頼が出てるA級モンスターくらいなら一撃じゃね？」

「……」

「おーい、エリカさーん」

俺はエリカの目の前で手を振ってみる。

「はっ！　あまりのことに気を失っていたわ」

「とりあえず、これなら買い取ってくれるよね？」

俺にとって今最重要な用事はそれであった。

「当たり前じゃない！　トウキあんたいつの間にこんな才能を！　やったわ！　これで私たち大金持ちよ！　こんなの一本一億E《エルス》はくだらないわ！　トウキ、ありがとう！」

エリカは大喜びで俺に抱き着いてくる。

やわらかなふくらみを堪能《たんのう》できるのはありがたいのだが、エリカに伝えるべきことがある。

「エリカ、それは無理だよ」

「なんで？」

「だってこのロングソードは契約でもう売値決まってるから。三百本で五十万E。これでも近所のよしみで高く買ってもらってるんだ」

「いやあああああぁぁぁ！！！！」

絶叫したあと、エリカは再び意識を失った。

しばらくしてエリカが目を覚ますと、落ち着きを取り戻して言った。

「うう…。悔しいけどしかたないわね。けど、なんで突然こんなもの作れるようになったのよ？」

「それがさっぱりわからないんだ。今日久しぶりに製作したらこれさ」

「あんたちょっと鍛冶屋ランク見てみなさいよ」

そう言われて俺は左手首に触れる。

この世界の人間は念じながら左手首を触ると自分の状態を見ることができる。

氏名：トウキ
職業：鍛冶師（ランク20）
スキル：鍛冶

「なあエリカ、俺にはランク20って書いてあるように見えるんだけど」

「奇遇ね。私もそう見えるわ」

「じゃあ、見間違いじゃないな」

「そうね」

しばし沈黙してしまう。

「どどどどど、どうゆうことだよ!?」

「わわわわわ、私が知るわけないでしょ！」

完全に二人とも混乱していた。

なにせつい数日前まで俺の鍛冶屋ランクは3であった。

職業ランクは経験を積めば上昇するが、ランクが上がるほど上昇しにくくなる。

王都の学校に通っていたときに出会った、王都にいる一流の職人ですらランク7が最高であった。

それがランク20である。意味がわからない。

「まあ、確かに街の自警団用の粗悪な鉄を使って十分で作ったのにこの性能はランク20ならうなずけるな」

「あんたなにしたのよ…」

「別になにも…。あっ！」

「なによ?」

「あれだ、聖剣エクスカリバーだ。きっとあれをいじくってるうちに経験を積んだんだ」

それしか考えられなかった。

よく考えたらあれを研究していたときはやけに体力を使ったのを思い出した。

「ああ…、確かにそれしかなさそうねぇ…」

エリカは半分呆れたように言う。

「てことはあれか。ランク20だからこそだませるレベルの【聖剣エクスカリバー】ができたわけか」

「危なかったわね。私たち」

「ああ、ヤバかった」

しかし鍛冶ランク20でこれなら、本物の【聖剣エクスカリバー】を作ったやつのランクはどれほどだったのか。

考えただけで恐ろしい。

結局ロングソードは普通に買い取ってもらった。

いくつかエリカと口裏を合わせておいた。

まず、ロングソードは作り置きがあったことにした。

次に、性能については敢えて伏せることにした。

だって、そこからばれると怖いし。

だが俺たちのそんな努力は一瞬で無駄になる。

いっそのこと

俺の作ったロングソードは「以前のものより良く切れる」となかなか評判がいいらしい。

そりゃそうだ。

自警団の奴らは攻撃力80前後だと思っているが、実際は攻撃力600なのだから。

そのせいか、腕を認められた俺は自警団からの依頼で槍を作っている。

いや、正確にはもう作り終えたのだが、さすがに「槍も作り置きがありました」は変なので、以前のランクで作ったら掛かる時間まで出荷を待っているところである。

完成した槍をエリカに鑑定してもらったところ、

【ロングスピア極】
攻撃力　750　　防御力　150　　重量削減（大）

というすさまじいものが出来上がった。

「ねえ、これさ。ドラゴンすら殺せそうなのに、食事のスプーンくらいしか重さないんだけど。あんた一体うちの自警団をどうするつもり？」

エリカはもはや達観したような目をしながらそう言ってきた。

ちなみに今回も三百本50万Eで請け負っている。

エリカは泣いていたが。

そんなある日、工房にエリカが駆け込んでくる。

「た、大変よ！」

「なにが？　もう俺は並大抵のことでは驚かないぞ！」

「隣の領主ラウル・シュレック侯爵が宣戦布告してきたのよ！　軍隊がもうすぐしたらやって来るわ！」

「なんだって！！！」

俺は大声を出してしまう。

それはシュレック侯爵の侵攻に対してではない。

オークレア王国では領主同士が土地を争って戦争をすることは珍しくなかった。

ただ、戦争となれば自警団が俺の武器を使うことになる。

そうなれば今まで隠してきたものが明るみに出てしまう。

「どうするのよトウキ！」

「待て待て待て！　今考えているから！」

街の人たちが戦争におびえる中、俺たち二人は全く異なることでおびえていた。

だって、俺の武器があれば自警団が負けるわけないもん！

どうすればいいんだ……。

俺は悩んだ。悩んで、悩んで、そして答えを出した。

「エリカ」

「なになに？　いい考えが浮かんだの？」

「もうさ、あきらめよう。これからは凄腕鍛冶師としてできる限り生きてみるよ」

俺はそう言うと儚《はかな》くエリカに微笑みかけた。

「はあああ！！　ふざけないでよ!?　ええい！　そんな顔をするな！」

「けどこれしかないだろ？　それにこれからは堂々とあの武器を売れるし、お前のところに専属で卸すから。な？」

「え？　ほんと？」

「うん」

「トウキ。私たち一心同体よね」

このやろう。金儲けができるとなれば態度変えやがって。

さすが商人だ。

エリカと俺は荷台に完成した槍を載せて自警団の詰所へと行った。

ここまで来れば、いっそ派手に商品の宣伝をしてもらおうということになったからだ。

「すいませぇん！！！」

俺は詰所の扉を叩きながら大きな声で呼ぶ。

すでに慌ただしくなっており、これくらいしなくては声が聞こえないのだ。

「うん？　誰だ？」

扉が開いて中から男の声がする。

「鍛冶屋のトウキです。頼まれていた槍三百本をお持ちしました」

それを聞くと扉を開けていた男は満面の笑みになる。

「おお！　トウキ、それは本当か！」

「街の危機と知り、死ぬ気で作りました」

死ぬ気なのは事実である。ただ、その相手はシュレック侯爵ではなく王家だけどな！

「ふむ、助かったよ。今は少しでも武器が必要だったんだ」

そう言うと自警団のリーダーであるフランクは握手を求めてきた。

俺はそれに応じつつ、「フランクさん（宣伝）頑張ってください」と言ってそそくさと退散した。

勇者の街

シュレック侯爵、出陣の報はトウキが槍を持ってきて、わずか二時間後に知らされた。

ワーガルの領主はホセ・カフンという伯爵であったが、ワーガルの街は領地の端っこであること、主たる産業もないことから、それよりも後方に陣取り防衛しようとはしなかった。

この国での領主同士の争いはどれだけ領地を占領しようとも、最終的に全土を占領するか講和条項を締結して所属を決めなくては自領地とはならない。

99％の戦いは講和条項を締結して終わる。

これに反して占領地から徴税を行えば、王国軍が出陣してくる。

そのためカフン伯爵の作戦はまっとうなものであった。

ワーガルの街がいくら占拠されようとも、戦に勝利すればよいのであるから。

シュレック侯爵もまたワーガルの街は通過点に過ぎず、その先のカフン伯爵主力との戦が主戦であると考えていた。

シュレック侯爵率いる四千人の軍勢は一路ワーガルの街を目指して進軍していた。

その様子を物見やぐらの上からフランクは見つめていた。

フランクは若いころは王国軍に所属していたこともある凄腕の戦士であった。

三十五歳となった今でも衰えるどころか、むしろより凄みを増していた。

ワーガル自警団三百人の人心を完全に掌握している人望の厚さも持ち合わせていた。

「ふむ。四千人の行軍とは上から見ると、かくも壮大なものなのか。一人あたま十人を倒して負けか」

こちらに向かってくる武装した集団を見て思わず感嘆してしまう。

その様子を見て「さすがフランクさんだ、堂々としている」「フランクさんが居ればなんとかなりそう」と周囲の自警団員は口々に話している。

「さてみんなそろそろ出るとしようか」

フランクは三百人を引き連れて街の外へと陣取った。

シュレック侯爵軍とワーガル自警団の距離はグングン近くなる。

やがて、ワーガル自警団の槍の穂先がシュレック侯爵軍から確認できるくらいの距離となる。

「ワーガルの者よ、悪いことは言わない！　降伏したまえ！」

シュレック侯爵軍の司令官らしき男がそう叫ぶ。

「こちら自警団長のフランクだ！　悪いが降伏はできない！」

フランクはきっぱりと断る。

占領地で禁止されているのは徴税またはそれに類する行為のみである。

つまりそれ以外の行為は禁止されていない。

占領されれば何をされるかわかったものではない。

フランクには美しいリセという妻がいた。

彼女のことを考えれば、降伏などありえなかった。

「勝てると思っているのか！」

「やってみないとわかるまい！」

実際は絶望的であった。

彼らの本当の仕事は、街の人たちが避難先の山へと移動するための時間を少しでも稼ぐことである。

街の人たちの退避はまだ終わっていない。

自警団の人間はみな同じ心であった。

「ふう。仕方のない奴らだ。お前ら！　行くぞ！」

司令官の号令の下、一斉に弓が放たれる。

遂に戦いが始まった。

「おい！　お前ら生きてるか！」

フランクは自警団員に対して叫ぶ。

「はい！　奴らの弓へなちょこでっせ。全く俺たちの鎧を貫きませんぜ」

周りを見ると、誰一人として弓によって倒れている者はいない。

それもそのはずである。

自警団の構えている【ロングソード】や【ロングスピア】にはとんでもない数値の防御力が付与されているのだから。

通常の【革の鎧】の防御力が20、【鉄の鎧】で防御力80といったところだ。

それが【ロングソード】で防御力２００、【ロングスピア】で防御力１５０なのである。

領主軍の弓など効くはずもなかった。

「ほう。やるではないか。皆の者、行くぞ！」

司令官が再び号令をかけると、騎馬を先頭に自警団へと殺到していく。

「槍兵！　構えろ！　騎馬が来るぞ！」

フランクは騎馬の疾走する足音にかき消されないように大声で指示を出す。

自警団は三百本の槍を構えて、騎馬を待ち構えた。

「騎馬が近づいたら一斉に突き出すぞ！」

「「「おう！」」」

自警団は士気高く返事をする。

徐々に騎馬が迫ってくる。

蹄《ひづめ》で地面を蹴る音が一層大きくなる。

そしてタイミングはやってきた。

「突けえぇぇぇぇ！！！！」

フランクの号令の下、一斉に槍が突き出される。

ブオオオォォォォォォンンンンン！！！

ものすごい風切り音が辺り一帯に響き渡る。

そして、文字通りシュレック侯爵自慢の騎馬隊は消え去った。

両軍ともに何が起きたのか全く理解できず、戦場に沈黙がただよう。

その様子を遠くから見ていたトウキとエリカはもはや悟ったように低い声で会話していた。

「すごいわね」

「ああ、消えちゃったね騎兵」

「ええ、消えたわ」

「ほら、自警団が反撃に出たよ」

「私には反撃じゃなくて虐殺に見えるんだけど」

「ははは。エリカは疲れているんだよ」

「そうよね。けど、自警団の人誰も死んでないのに、侯爵軍はバターのように溶けているんだけど」

「あ、エリカ。司令官らしき人が捕らえられてるよ」

「ほんとうね」

「俺たちの勝ちだよ」

「ほんとうね」

「街に帰ろうか」

「うん」

俺たちは何も考えないようにして街へと帰っていった。

街の人たちは帰還した自警団を最大の賛辞をもってもてなした。

四千人の侯爵軍を死人どころか怪我人すら出さずに、まさに完封したのであるから当然である。

フランクは英雄のように扱われていた。

『ワーガル自警団、わずか三百人で四千人のシュレック侯爵軍を撃退！』

この報は瞬く間に王国中に広がった。

結局、シュレック侯爵はカフン伯爵に賠償金を支払うことで講和した。

王国中では『勇者の街は実在していた！』『ワーガルの人はみんな勇者なのでは?』とささやかれていた。

ただ二人、真実を知る者以外は。

経営方針

ワーガル防衛戦から一週間が経っていた。

当面の生活費はあったのと、単に仕事の依頼もなかったので、ここ数日は腕を磨くことに専念していた。

自警団の活躍に埋もれて武器のことなんて誰も気にしてなかったから、人が工房に殺到することもなかった。

鍛冶屋ランクは20になったものの、俺は本物の聖剣の輝きが忘れられないでいた。

いつかは俺もあれほどの剣を作ってみたいと思っていた。

だが、ここまでランクが上昇すると手ごたえはなかった。

「ふむ。やっぱりこれ以上はこの街で採れる素材ではどうしようもないな。もっと上級の素材で製作をしないと」

「こんにちは。トウキ、お昼作りに来たわよ」

「ああ、エリカ、ちょうど良かった。君にプレゼントがあるんだ」

「え！　なになに！」

「これさ」

俺は鍛錬の過程で作ったフライパンを渡した。

「はあ…。あんたに期待した私がバカだったわ」

そう言いつつも、エリカはフライパンを受け取る。

そして、いつものように鑑定をする。

ここのところ、俺の作るトンデモ作品を鑑定するのが楽しいらしい。

【フライパン】
攻撃力　300　　熱伝導（大）　　焦げ付き防止（大）

「何よこれ。私に森でモンスターでも料理しろっていうの？」

「ははは。いやね、これには理由があるんだ」

「理由って？」

「まずさ、そのフライパンはワーガルの街でお嫁さんにしたいランキング七位のエリカから見てどう思う？」

「ちょっと、何よそのランキング」

お嫁さんにしたいランキングとは十五歳以上の女性を対象に、街の男たちが毎年投票で決めているランキングである。

「気にするなよ。ちなみにエリカは四年連続で七位だぞ」

「は？　全然嬉しくないんだけど？」

「俺は毎年エリカに入れてるぞ」

「ふへ？」

途端にエリカの顔が赤くなって恥ずかしそうにクネクネしだす。

チョロいぜ。そんなんで大丈夫かエリカさんや。

「え、えっと！　フライパンについてよね！　うん、焦げ付きにくくて熱伝導が良くて、主婦の人からは大絶賛されるわ、絶対。って主婦だなんて、私ったら…きゃっ」

あ、なんか一人の世界に入ってしまった。

「こほん。それは良かった。実はな、エリカの店には武器を卸さないことにしようと思うんだ。その代わりに日用品を卸そうと思ってね」

「ち、ちょっと！　なんでよ！　私に稼がせてくれるって言ったじゃない！」

「いや、そうなんだけどさ。この前の戦いを見て思ったんだ。あんなもの量産したらどうなるよ」

「あ…」

「とんでもない大戦争だ。それに俺は領主様に捕らえられて、機械のように武器を作ることを強要されるだろうな」

「確かに…。トウキがそんなことになるの私、いやだよ？」

「ああ、だから、量産するのは日用品だけ。武器はオーダーメイド品のみ取り扱うことにするよ。

俺だってこの腕を試したいから武器を作りたいしね。オーダーメイドだからこその品質ということにすればいい」

「そう。なら仕方ないわね。うん、お父さんには私から話しておくわ」

「ありがとう。さすがは俺のエリカだ」

「ほへ？」

「さあ、腹減ったぞ。給料分は働いてくれよ」

その後、「もう一度言って！」とうるさいエリカを無理やり台所に押し込んで昼飯を食べるのにかなりの時間が必要だった。

ちょっとからかい過ぎたかな？

最初の逸品

俺が店の前に『オーダーメイドでの武器のみ作製します』という看板を出して既に二か月が経過していた。

客は誰ひとり来ていなかった。

それも当然である。

ワーガルの街は冒険者の街ではない。

武器を必要としているのは自警団の人間か、猟師だけである。

それに、自警団や猟師が鍛冶屋にオーダーメイド品を頼みに行く必要性は薄かった。

自警団は支給された武器があるし、支給された武器はあれだし。

猟師は対人戦を想定していないから市販のものでよかった。

それでも、俺はエリカの店に卸す日用品で十分に生きていけた。

エリカの店は俺の作製する日用品のおかげで、空前の大繁盛であった。

今ではわざわざ遠方の貴族が買い付けに来るほど話題となっていた。

毎日隣は大騒ぎである。

最近はエリカも店の当番が忙しいのかなかなか会えなかった。

いや、べ、別にさびしくなんかないぞ！

…誰に言ってるんだ俺は。

「トウキ、晩ご飯作りに来たわよ」

それでもエリカは朝昼晩のご飯を作りに来ることはやめなかった。

「おお、ありがとう。けど、エリカも忙しいだろう？　別に無理して来なくてもいいんだぞ？　ちょっとは休んだらどうだ？」

エリカの栗色の髪は手入れをする暇がないのか、いつものツヤがなかった。

「そうねぇ。確かに忙しいけど、今最高に楽しいわよ。だって飛ぶように商品が売れるんですもの！」

エリカは笑顔でそう言う。

こいつは生粋の商人だな。

「それに、契約としてはトウキの世話の方が先だわ。商人として反故《ほご》にはできないわ」

「ふふ。エリカらしい答えだ。じゃあ、早速晩ご飯を作ってもらおうかな」

「ええ、任せて」

そう言って、エリカが二階の台所に行こうとしたときであった。

コンコンコン
「すいません。誰かいらっしゃいますか？」

扉を叩く音と女性の声がした。

「はい。今開けます」

俺は扉を開けた。

そこには、すらっとした見た目の、この辺りでは珍しい赤紫の髪をした、上下に分かれた鎧を着たいかにも冒険者という女性が立っていた。

「店主さんですか？」

「ええ、鍛冶師のトウキです」

「そちらは奥様で？」

「は？　へ？　私？　も、もうやだぁー」

エリカは使い物にならないので俺が紹介する。

「いえ、こちらは隣の道具屋の娘でエリカといいます。妻ではありません」

それを聞いたエリカは固まってしまった。

「そ、そうですか。それは失礼しました」

「えっと、お名前は？」

「あ、これはまたまた失礼しました。ジョゼといいます。十七歳です。冒険者をしています。といっても駆け出しですが。今日は武器を作っていただきたく参りました」

ジョゼはそう言うと頭を下げた。

冒険者にしては礼儀正しいな。

聞いてもいない年齢まで答えてくれた。

冒険者といえどもピンキリである。

人々の羨望を浴びる人もいれば、ゴロツキに毛の生えたようなやつまで様々だ。

冒険者は特別な知識がなくても誰でもなれる職業であるため、粗暴な者も多い。

「ともかく、こんなところではなんですから、奥で話を聞きます」

俺は工房の奥にある机にジョゼを促した。

「ところでジョゼさんはなぜ私の店に？」

「ジョゼでかまいません。私は隣のシアルドの街出身なのです。それでこの辺りで一番腕のいい鍛治師は誰かと聞いたら、みなトウキさんのことを教えてくれたので」

「なるほど」

「それに、この街の自警団の人たちがトウキさんの作った武器は最高だと話しているのを聞きました。先日の防衛戦も武器のおかげだと話していました」

「それは嬉しいですね」

まあ、その通りなんだが。

「では、ジョゼはどんな武器をお望みですか？」

「はい。レイピアが欲しいのです。できればとびっきり強いのがいいです。私駆け出しなので、ちょっとでもいい装備にしないとすぐ死んじゃいそうで…」

「ふむ。素材やお金はありますか？」

「素材はこれでお願いします。我が家の家宝です。父が預けてくれました。お金は十万Eまでなら出せます」

そう言って、ジョゼは持っていた袋から大きな水晶の塊を差し出す。

「これは…。すごいですね…。家宝というだけはある」

「そうですか？　これなら強い武器になりそうですか？」

「ええ、お金も十万Eでいいですよ」

それを聞いたエリカが俺に耳打ちしてくる。

（ちょっと、何言ってるのよ。トウキの腕なら一千万E以下で受けるべきじゃないわ）

（バカヤロウ。初めからそんなことしてたら客が来なくなるだろ。ジョゼには宣伝してもらうんだよ。値上げはそれからだよ）

（あら、トウキも考えてるのね）

（お前こそ商人だろ。もっと頭使えよ）

俺たちのやり取りを見ていたジョゼが不安そうに話しかけてくる。

「あ、あの…。なにか問題でも…」

「いえいえ。大丈夫ですよ。それでは明日の昼ごろにでも取りに来てください」

「へっ？　明日の昼ですか!?」

ジョゼは驚きのあまり大きな声を出す。

「ええ、うちのトウキは凄腕の鍛冶屋ですから」

エリカが胸を張って答える。

いつから俺はお前のものになったんだよ。

「え、えっと、わかりました」

半分納得していない様子でジョゼは店を出て行った。

「さあ、エリカは晩ご飯作って。俺はレイピア作るから」

「はーい」

俺は早速製作に取り掛かった。

翌日の昼、ジョゼはレイピアを受け取りに来た。

未だに半信半疑といった顔をしている。

「あの…。できましたか?」

「ええ、珠玉の逸品が出来上がりましたよ」

そう言って俺は鞘に入った一振りのレイピアをジョゼに渡す。

ジョゼは驚きながらレイピアを受け取り、鞘から抜くとさらに驚きの顔をした。

「き、綺麗…」

透き通るような水晶独特の輝きを有するレイピアの刀身はまさに珠玉と言ってよかった。

「あ、あの。鑑定しても?」

俺の腕を疑っていると勘違いされるのを恐れたのか、許可を求めてくる。

「もちろんです。気に入っていただけるといいのですが」

ジョゼはレイピアを鑑定をする。

【クリスタルレイピア】
攻撃力　８００　魔法耐性（大）　速度上昇（大）　切れ味保持（大）

鑑定結果を見たジョゼは気を失って、そのまま綺麗に真後ろに倒れた。
床に倒れる前に控えていたエリカが受け止める。
気を失いたくなる気持ちは俺にも良くわかる。
完成品をエリカに鑑定してもらったとき、二人でしばらく呆然としたのだから。
そもそも手数の多いレイピアに速度上昇がついて攻撃力８００である。
自分の鑑定スキルがおかしいと言われた方がまだ理解できる。
ジョゼはすぐに気を取り戻した。
「はっ！　私、疲れていたのかもしれません」
そう言って再度鑑定する。

【クリスタルレイピア】
攻撃力　８００　魔法耐性（大）　速度上昇（大）　切れ味保持（大）

「何度やっても同じですよジョゼさん」

俺は現実を教えてあげる。

「だ、だってこれ！　伝説の武器のレベルじゃないですか！」

君は知らないだろうけど、伝説の武器はそんなもんじゃないよ。

「わ、私十万Eしかないですよ！　他に売れる物といったら体くらいしか…」

そう言うとジョゼはうつむいてしまう。

おい、エリカ、そんなに俺を睨むなよ。

別に俺が要求したわけじゃないんだから。

「お代は十万Eでいいですよ。素材は提供していただきましたし。私も勉強になりましたから」

実際、あれほど大きな水晶の加工は王都の学校ですらしたことがなかった。

「け、けど…」

「そうですね。ではこうしましょう。ジョゼ、このレイピアで名声を上げてください。そうすれば私の名声にも繋がりますから」

「わ、わかりました！　私必ずこのレイピアと共に名を上げてみせます！」

ジョゼはそう言うと何度も頭を下げて店を出て行った。

「さてあの子どうなるかしらね？」

「うーん。多分あのレイピアがあれば活躍できるんじゃない？」

「むしろ活躍しなかったら逆方向に才能あるわね」

俺はなんであんな子が冒険者をしているのか気になったが、静かにその背中を見送った。

自警団長の悩み　その①

ワーガル自警団の団長フランクは最近ある悩みを抱えていた。

妻のリセとは昨晩も愛し合ったたし、仲は良好である。

二人の息子も元気に過ごしている。

自警団も先日の防衛戦以降すこぶる順調であり、数日前も隣町のシアルドに現れた盗賊一味を完《かん》膚《ぷ》なきまでに叩きのめした。

彼の悩みとは、武器が合っていないことであった。

実は彼は新しい武器を部下に回すため、もともとあったロングソードを使っていた。

ところが、あの防衛戦を潜り抜けてからというものフランクのパラメーターはとんでもないことになっていた。

氏名：フランク
職業：戦士（ランク11）
スキル：近接攻撃　指揮　激励

彼の戦士ランクは防衛戦前には5であった。

それが、三百人を指揮して正面から四千人を撃破したことでランク11まで上がっていた。

古今東西あれほどの戦を勝利に導いた者はほとんどいない。

それどころか策も使わず正面からとなれば皆無である。

この上昇幅もうなずける。

ただ、そのせいでお古のロングソードでは彼の剣戟《けんげき》に耐えきれず、次から次に折れてしまう。

彼はどうしたものかと悩んでいた。

そんなある日、フランクは妻に頼まれてエリカの店に買い物に行った。

その道中『オーダーメイドでの武器のみ作製します』の看板を見つけた。

「トウキは今こんなことをしているのか」

彼はお使いのことで頭がいっぱいでそのときはスルーしてしまった。

夜中、彼はベッドでそのことを思い出し、声を上げて起き上がった。

妻のリセにはしこたま怒られたのは言うまでもない。

「すまない、トウキはいるか？」

「ええ、いますよ。ああ、フランクさんじゃないですか」

フランクは早速翌日にトウキの工房を訪れていた。

「実はな、お前に武器の製作を頼もうと思って」

「なるほど。確かに勇名轟《とどろ》くワーガル自警団の団長が普通のロングソードでは格好がつかないですからね」

「いや、そうではないのだが。まあいい」

「それでどんな武器にしましょうか？」

「そうだな。使い慣れたロングソード系がいいな」

「ふむふむ。それで素材はどうします？　何か持っていますか？」

「あいにくと何も持っていない」

素材がいるなんて初耳である。

「素材を持ち込まないとダメか？」

「いえ、そんなことはないです。ただ、その分お金が掛かりますよ？　それにある程度のレア素材はワーガル周辺では手に入らないので、作れない場合もあります。運よく手に入るかもしれませんが」

「ふむ。どうしようかな」

今までの経験から、鉄であっても部下の持っている程度の剣であれば自分が使っても壊れることはない。

しかし、わざわざオーダーメイドで作ってもらうようなものでもない。

それに、先ほどトウキが言ったように、団長として少しいい装備をしたいという思いもある。

「素材を手に入れて出直すとしよう」

「けど、素材を店で買ったらうちで作るのと変わらないですよ？　かといって、素材を手に入れるためにダンジョンに潜る装備もないでしょうし…」

「確かにそうだな。ここは妻に頭を下げてお金を工面してもらうしか…」

「あの、これでよければ差し上げますよ？　試作品なので」

そう言ってトウキはヤカンを手渡してきた。

「なんだこれは」

「ヤカンですよ」

「俺をバカにしてるのか？」

「とんでもない！　大真面目ですよ！　疑うなら隣の店のエリカに鑑定してもらってください」

フランクはしぶしぶヤカンを手に工房を出た。

隣の道具屋に行くと店の中はごった返していた。

ヤカンを手に店をうろつく男に不審な目を向ける者もいたが、無視した。

近くにいた店員らしき女性に声を掛ける。

「すまない。エリカはいるか？」

「はい私ですけど。ってフランクさん、どうしたんですか？」

「いや、鑑定してもらいたいものがあって」

そう言うとフランクはヤカンをエリカの前に出す。

まだ十九歳の娘にヤカンを差し出す三十五歳の男。

とても奇妙な場面である。

「ええ、いいですよ。トウキの新作ですね」

エリカは何の躊躇もなく鑑定を始める。

俺の感覚がおかしいのか？

なんのことはない。トウキとタッグを組むエリカにとって日用品の鑑定はいつものことなのだが、フランクは当然それを知らない。

「どうぞ」

フランクは鑑定結果を見る。

【ヤカン】
攻撃力　340　　熱伝導（大）　　へこみ耐性（大）

フランクは自分の常識に自信が持てなくなった。

自警団長の悩み　その②

俺はトウキからもらったヤカンを手にワーガルの街から二日ほど行ったところにある洞窟へとやってきた。

妻には任務と言って出てきた。

ヤカンを片手に家を出る夫を何も言わずに見送ってくれるホントにいい妻だ。

ここにはストーンスパイダーと呼ばれる大きさは牛ぐらいの、クモのモンスターがいた。

このクモは石のような粒子でできた糸を吐くことからストーンスパイダーと呼ばれていた。

こいつのドロップする糸袋の中にある、糸の原料となる粒子は、上等の加工素材として知られていて、王国軍の上級兵士の装備はこれで作られていた。

だが、当然そんなストーンスパイダーが弱いわけはない。

冒険者は自身の冒険者ランク以外に冒険者ギルドが定めたＳ～Ｆまでのランクがある。

そのうちの一人前と呼ばれるＣランクに上がる条件の一つには、糸袋を五つ納品することが要求されるほどである。

そんな糸袋を俺はヤカンを片手に集めに来ていた。

洞窟を少し進むと早速一匹のストーンスパイダーを見つけた。

俺は音を立てずに近づくと、ヤカンで一撃を加えた。

ゴンッ
鈍い音を立ててストーンスパイダーが凹むと動かなくなった。

そして、ストーンスパイダーは光となって消え、あとには糸袋が残った。

もちろんヤカンは凹んでいない。

俺は深く考えないことにした。

三時間ほど洞窟を散策して糸袋をさらに三つほど手に入れた。

ランクが上がったおかげか、全く疲れも感じなかった。

そういえば、最近リセが「若いころに戻ったみたい」とベッドで顔を赤らめていたことを思い出す。

そんなことを考えていたのが間違いだった。

気が付くと俺はストーンスパイダーに囲まれていた。

「しまったな」

いくらヤカンが優れていても、囲まれるとどうしようもない。

「だが、ただでやられてやるわけにはいかないんでな。妻も息子も待っているんだ」

俺が覚悟を決めたとき。

「お助けします！」

突然若い女性の声がしたかと思うと、鮮やかな銀線が幾筋も走る。

それと同時に俺を囲んでいたストーンスパイダーの一角が消え去る。

「大丈夫ですか？」

いつの間にか、透き通るような綺麗な刀身をしたレイピアを持った若い女性が俺の隣に立っていた。

「助かったよ。ありがとう」

「いえ、どういたしまして。ところで、それヤカンですか？」

「ああ、ヤカンだ」

「そう…ですよね」

女性はあからさまにヤバい人を見るような目で俺を見る。

「ともかく、まだ気は抜けない」

俺はヤカンを構える。

女性もレイピアを構えるが、こちらをチラチラと見ている。

痺《しび》れを切らしたストーンスパイダーが一匹俺に向かって飛びついてくる。

「危ない！」

女性が叫ぶ。

「大丈夫だ」

俺はそう言うとヤカンをフルスイングした。

ヤカンに殴られたストーンスパイダーはそのまま吹っ飛んでいき、洞窟の壁に激突すると光となって消えた。

「す、すごい……」

「ほら、まだ来るぞ」

「は、はい」

俺と女性は数分後にはストーンスパイダーを討伐していた。

女性と折半しても糸袋は十個になっており、十分な数になっていた。

「ふう。改めて助けてもらって感謝しているよ。それにしてもすごい剣技だ」

「いえいえ。そちらのヤカンさばきも見事でした」

「俺は目的を達したから洞窟を出ようと思うが君はどうする？」

「あ、私も目的を達成しましたのでご一緒します」

「ということは君は冒険者か」

「はい。まだまだ若輩者ですが」

俺たちは洞窟の外に出る。

「それでは私は行きますね」

そう言うと、女性冒険者は走り去っていった。

「しまった、名前くらい聞いておけばよかった」

俺はトウキの工房に行くためにワーガルに帰った。

「トウキはいるか」

「フランクさん。素材は手に入りましたか？」

「ああ、糸袋なのだが」

俺はトウキの前に糸袋を十個差し出す。

「おお！　これだけあればロングソードくらい簡単にできますよ！」

「いや、それなんだが……」

トウキはものの三十分ほどで武器を作ってしまった。

さすがである。

俺は新しい武器を手に家へと帰った。

「ただいま」

俺がそう言いながら玄関を開けると、リセが待ち構えていた。

そして、そのままリセは気を失って倒れてしまった。

リセとしては倒れても当然である。

夫が突然金色のヤカンを持って「任務に行ってくる」と行って五日も帰ってこなかったのだ。

夫がおかしくなったのではないかと、毎日泣いていた。

そんな夫が帰ってきたかと思えば、金色のヤカンに加えて、銀色のヤカンを二つも持って帰ってきたのだ。

フランクはそんな妻の気苦労を知らない。

フランクの新武器

【ツインヤカン】
攻撃力　500　　防御力　300　　熱伝導（大）　　へこみ防止（大）

ある日の日常

俺は久しぶりに暇を見つけると、珍しく街を散策していた。

最近はお金が貯まる一方であったので、何かに使おうと思っていたのだ。

ふと隣の道具屋を見てみると今日も忙しそうであった。

なんでも、フライパンやヤカンを筆頭に俺の作った日用品が並べれば売れる状態らしい。

ちょうど店先にエリカを見かけたので軽く手を振る。

エリカも俺に気付いて手を振ってくれたが、すぐに客の対応に戻って行った。

もうすぐ俺がエクスカリバーを拾って一年が経とうとしていた。

街は以前に比べてかなり活気があった。

シュレック侯爵との防衛戦により勇者伝説が再燃したことによる観光客やエリカの店に遠路買い物に来る人が活気の原因だった。

一方で俺が作った武器といえばジョゼのレイピアくらいだった。

フランクのヤカンは武器にカウントしていいのか不明だし。

最近は日用品を作りまくっていた。

俺は雑貨屋で新聞を買うと、街で唯一のカフェに入った。

今日はエリカに昼ご飯を作りに来なくてよいと伝えてあるので、ここで昼までゆっくりすることにした。

俺は早速新聞を見ると、驚きの記事を見つけた。


『史上最年少Aクラス冒険者誕生！！！』

冒険者ギルドは昨日、ジョゼ氏（17）をAクラスに格上げすると発表した。

ジョゼ氏は十五歳で冒険者となったあと、十七歳までの二年間はDランクに昇格しただけの平凡な冒険者であった。しかし今年に入ってから急成長し、その特徴的な赤紫色の髪と神速の剣技から付けられた『紫電』の二つ名で呼ばれるようになっていた。

今回の炎竜討伐を受けて冒険者ギルドは『紫電』をAクラスとすることに決めた。

今までの最年少記録は『生ける伝説』ことSランク冒険者アーネスト氏（56）の持つ二十歳であったことから、大幅な更新に王国のみならず、大陸中が注目している。

ジョゼ氏はインタビューにおいて「私の力なんてまだまだです。このレイピアのおかげです」と答え、腰に携えたレイピアに手を置いていた。


「はえー。ジョゼいつの間にやらすごいことになってるな。頑張ったんだなあ」

自分の作った武器で人が活躍しているのを知れて俺も気分が良くなった。

俺は新聞を一通り読み終えると、軽い昼食とコーヒーを堪能して店をあとにした。

さてどうしたものか。

この街には特段娯楽があるわけではない。

カジノがあるわけもないし、こんな時間に飲み屋だって開いてない。

まして風俗店に行くつもりはさらさらなかった。

結局、俺は街の鉱石店へと足を運んだ。

「いらっしゃい。ああ、トウキ君か。素材探しかい？」

店の店主が声を掛けてくる。

「ええ、そんなところです」

俺は店内を物色する。

鍛冶屋の性《さが》か、どうしてもテンションが上がる。

前にエリカを連れてきたときは、「私以外の女の子ならビンタして帰ってるわよ」と言われたことを思い出す。

「そういえばエリカのやつ、最近あんまり自分の時間がないみたいだったなぁ」

エリカ自身は楽しそうにしているが。

先日も商人ランクが4になったと喜んでいた。

商人にとってランクが高いということはそれだけの取引をこなしてきたという信用に繋がる。

「しかし、エリカも女なんだからもう少し気を付ければいいのに」

俺はどうしたものかと思案した。

「しゃあない。ひと肌脱ぐか」

俺は素材を買うと店をあとにし、工房に籠った。

夜になってエリカが晩ご飯を作りにやってきた。

「あんたせっかくの休みに結局工房に籠ってたの？」

「ああ、少し用事があってな」

「ホント好きね」

それを言うならお前もな、と言いそうになったがやめた。

エリカの作った晩ご飯を食べ終わったタイミングで俺は切り出した。

「なあ、エリカ」

「ん？　なに？」

「いや、お前最近忙しそうにしてるだろ？　髪もボサボサだし」

「うっ…。仕方ないじゃない！」

「どうどう。そう怒るなよ。そこでこれ、やるよ」

俺は店で買った銀で作った櫛《くし》を渡した。

「へ？　なにこれ？」

「ありていに言えばプレゼントってやつだな」

「嘘…。そんな…、トウキが…」

「失礼なやつだなおい。一応俺の手作りだぞ」

そう言うと、エリカは鑑定をした。

【銀の櫛】
攻撃力　１２０　髪質劣化防止（大）　ツヤ出し効果（大）　枝毛防止（大）

「ご、ごめん！　反射的に鑑定しちゃった！　悪気はなかったのよ！」

エリカは早口で謝る。

「いや、いいよ。俺だって、どんな性能か知りたかったし」

「けど、本当にありがとう。本当に嬉しい」

エリカは少し泣いていた。

「おいおい、泣くなよ。どうしていいかわからないだろ？」

「全く情けない男ね。じゃあ、これで髪を梳《と》いてよ」

そう言って櫛を差し出してくる。

「こんなことしたことないから、上手くはないぞ？」

「いいのよ」

そう言うと、エリカは背中を向けて俺の前に座る。

俺は肩甲骨《けんこうこつ》のあたりまで伸ばしたエリカの栗色の髪に櫛を通していく。

何度か通しただけで、まるで毎日丁寧に手入れをしたかのように輝くツヤを取り戻していた。

綺麗な髪だ。

俺は素直にそう思った。

しばらくすると、突然エリカの後頭部が俺の胸にぶつかる。

そしてエリカは俺に体重を預けてきた。

「おい。どうしたんだ？」

俺はエリカの顔を覗き込む。

エリカは幸せそうに寝息を立てて寝ていた。

「全く仕方ないな」

俺はエリカをお姫様抱っこすると、家へと送って行った。

おやじさんには、「なんなら朝帰りでもよかったんだぞ」とからかわれたが。

櫛は枕元に置いてあげた。

翌日から店に出るエリカの髪は見る者を魅了するのであった。

新しくエリカの髪を目当てにする客層ができたそうだ。

俺はそれどころではなかったが。

運命の来訪者

エリカに櫛を贈った翌日、俺は工房の前が騒がしいことに気付いて目が覚めた。

「な、なんだいったい？」

俺は工房の扉を開ける。

そこにはとんでもない行列ができていた。

俺が出てきたことに気付いた人々は、口々に「俺の武器をつくってくれー！」「私にもジョゼ様みたいなレイピアをください！」「うちの騎士団に武器をつくってくれ！」といったことを言っている。

「こりゃいったいなんだ？」

俺は困惑する。

そして昨日見た新聞の記事を思い出した。

あ、ジョゼのおかげか。

「ち、ちょっとお待ちください！」

そう言って俺は店の中に引っ込む。

まさかここまで評判になるとは思ってなかった。

どうしたものか。

今の俺ならあの人数の武器を作ることは可能である。

しかし、自分の技術を安売りするつもりはない。

ジョゼやフランクさんは例外である。

なにより、あんな化け物じみた武器を世の中に大量に出回らせないとエリカと誓っていた。

「よし、これしかねえか」

俺は店の看板を一旦しまうと、書き直してから店の前に置いた。

『オーダーメイドでの武器のみ作製します。一千万Eから受け付けます』

この看板は効果抜群であった。

興味があって店の前に残った者もいたが、ほとんどは去って行くか、エリカの店に行った。

武器を売らなくても食っていけるからこそできることであった。

「ふう。これで少しは落ち着いたかな」

俺が平穏を取り戻したことに安堵していたとき。

ギィーと扉を開ける音がする。

俺はてっきり朝食をエリカが作りに来てくれたものと思い反応しなかった。

「店主はおらんのか?」

聞いたことのない女性の声がした。

俺は急いで工房の奥から出てくる。

「すみません！　少し用をしていまして」

俺はそう言いながら、女性に対応する。

エリカと同じくらいの年齢の見た目をした青髪の女性が立っていた。

「そうか。貴殿がトウキ殿か？」

「ええ、そうです」

「うむ。実はな私の武器を作ってほしいのだ」

「ええと、表の看板は見ていただけましたか？」

「当たり前だ。製作費は十億Eまでなら好きに使うがいい」

「は？」

意味がわからなかった。

人生で初めて聞く金額だった。

「失礼ですが。それほどの大金を本当にお持ちですか？」

当然の疑問だ。

こんな若い女性がそんな大金を持っているとは到底思えない。

「貴殿の疑問ももっともだ」

そう言うと女性は目の前のカウンターにドサッと袋を置いた。

「この中には一億Eが入っている。さすがに十億Eも持ってくることはできなかった。とりあえず、当面はこれで作製して、足りなくなれば追加することでどうだ？」

「ははあ。謹んでお受けいたします」

金の力は偉大である。

いや、これだけの金があれば自分の腕を存分に振るえるからね。

気合も入るよね。仕方ないよね。

「お客様、お名前をちょうだいしても」

「ああ、私の名前はルクレスだ。そうだな。三日ごとに進捗を聞かせてもらいに来るとしよう。追加の資金が必要になればそのときに言うがいい」

「承知しました。それでは、どのような武器を作製しましょうか」

「トウキ殿に一任する」

「は？」

「よろしく頼むぞ」

そう言ってルクレスは工房をあとにした。

「さて、こりゃとんでもない大仕事が舞い込んできたぞ」

俺はついニヤけてしまう
なにせ作る武器の種類すら自由なのだ。

ニヤけるのも仕方ない。

顔を引き締めて仕事に取り掛かった。

それから、ルクレスは律儀に三日ごとに進捗を聞きに来た。

俺はそのたびに説明をしていた。

ルクレスは毎回もっと資金が必要なのではないかと聞いてきたが、はっきり言って一億Eなんて使いきれるわけもなく、毎回断っていた。

だが、もっと厄介なのはエリカだった。

『最近トウキのところに青髪の綺麗な女が出入りしているらしい。それもエリカちゃんのいない時間を狙って』

などという噂が流れてしまって、それを耳にしたエリカが烈火のごとく怒ってきた。

もう少しでフライパンで殴り殺されるところだった。

なんとか誤解を解いたものの、それ以来機嫌が悪い。

依頼からちょうど二か月が経過したとき、ついにルクレスの武器が完成した。

「トウキ殿、進捗を聞きに来たぞ」

「ああ、ルクレスさん。実は完成しましたよ」

二か月の交流ですっかり仲良くなっていた。

「おお！　そうか！　早速見せてくれ！」

ルクレスは興奮したようにせかす。

「こちらです」

俺は一振りの片刃の剣を差し出す。

「これは？」

「カタナといいます。かつて東方で使われていた武器だそうです。文献では知っていたのですが、初めて作製しました。そのせいで時間が掛かってしまいました」

俺はせっかくだから、今まで現物を見たことのないものを作ろうと思った。

そこで真っ先に思い浮かんだのがカタナであった。

「カタナというのか。ではいざ拝見させてもらおう」

ルクレスは鞘からカタナを抜く。

その刀身はまるで鏡のように磨き上げられ、ルクレスの端正な顔を映し出している。

「う、美しい。なんと美しい刀身なのだ…」

ルクレスは食い入るようにカタナを見ていた。

「かつて東方ではカタナは美術品としての意味も持ち合わせていたようです」

「うむ。それもうなずけるな。おっと、忘れるところだった。鑑定をしないと。美しいだけで使い物にならなかったら意味がないからな」

そう言うとルクレスはカタナに手をかざす。

【名刀・雷虎】
攻撃力　１５００　　雷属性　　速度上昇（大）　　状態異常耐性（完全）　　切れ味保持（特大）

「なんだこれは！」

ルクレスが叫ぶ。

「お、お気に召しませんでしたか！」

や、やばいよ。

あれには一億Eのほとんどをつぎ込んだんだぞ。

弁償なんてできないぞ。

こうなったらエリカに体を売るしか…。

「とんでもない！　これほどの名剣を私は見たことがない！　トウキ殿！　貴殿はなんと素晴らしい腕をしているのだ！」

ルクレスはこれ以上ないくらいの賛辞をその後もしばらく言っていた。

「そ、そこまで気に入っていただけるとは」

俺自身今回は金に物を言わせて様々な高級素材を使って、作っては壊し、作っては壊ししたことで、腕が上がっていた。

具体的には鍛冶屋ランクが21になった。

出来には自信があったのだ。

エリカが拗ねて鑑定してくれなかったときは少しあせったが。

「雷虎《らいこ》というのだな」

「はい。本来は剣の命名は所有者がいたしますが、東方では製作者が銘を付けていたようなので、

それにならいました」

「ふむふむ。よし、決めた。貴殿で間違いなかろう」

「はい？」

「いや、こちらの話だ。今は気にしなくてもよい」

　そう言うとルクレスは意気揚々と去って行った。

続・勇者の街

ルクレスに雷虎を渡してから一週間が過ぎた。

ルクレスが来なくなったことでエリカの機嫌は元に戻った。

今では晩ご飯の後に櫛で髪を梳くのが日課になっていた。

だが、一難去ってまた一難。

今度はワーガルの街に危機が訪れていた。

きっかけはシュレック侯爵領でのモンスターの異常繁殖であった。

本来モンスターが異常繁殖した場合には領地に深刻なダメージを与えるため、領主が本腰を入れて討伐をする。

しかし、場所がシュレック侯爵領であったのが最悪であった。

シュレック侯爵はつい数か月前に四千人の領主軍を文字通り失っていた。

兵士というのは一人育てるのに金も時間も掛かる。

結局立て直しもできず、モンスターを抑えきれなくなっていた。

異常繁殖し食糧を求めたモンスターたちは周辺の街へと移動を開始しており、ワーガルの街にも迫っていたのであった。

今現在、ワーガルの街では自警団を中心にして街の人が集まって防衛作戦が練られていた。

「さて、どうしたものか。まさか我々の活躍が裏目に出るとは」

自警団長のフランクはそうもらす。

「王都へと続く南側以外の三方からモンスターが進撃しており、自警団では防ぎきれないのではないか？」

エリカのおやじさんがフランクに尋ねる。

「ええ、奴らを倒すことなど造作もないことですが、全部を止めることはできないでしょう。街にどうしても侵入してしまう」

「どうしたものか……」

カフン伯爵は、シュレック侯爵を倒したのだからワーガルの街だけでなんとかなると言って軍隊を派遣してくれなかった。

街の有力者たちはみな一様に暗い顔で考え込んでしまう。

ただ一人この場で最年少の俺を除いて。

なぜなら俺は知っていたからだ。

この街の人間が全員フライパンを振り回せばモンスター如き楽勝であることを。

多分、ドラゴンを一ダースぐらい持ってこないとこの街は壊滅しないのではないかと思っている。

ただ、この真実をどう伝えたらいいのか悩んでいた。

そんなとき服屋の店主の男が立ち上がって話し始めた。

「ここは勇者の街なんだ！　自警団じゃどうしようもないなら、俺たちだって立ち上がろう！　みんなで撃退するんだ！」

その言葉待ってました！

これで工房に帰って作業の続きができるぞ！

よくやった服屋のおっちゃん！

「そうだそうだ！」と言って活気を取り戻す人々とは、全く違う理由で俺が喜んでいると、話はあらぬ方向へと進んでいく。

「そうか。では、そうするとしよう」

フランクは静かに決断する。

「最もモンスターの量が多いとされる北側には自警団を配置する。東西は街の男たちにお任せする。武器はリーチを生かした農具がいいだろう。では時間がない。解散だ」

フランクが作戦を伝えると、みな「よしやってやる！」「モンスターがなんだってんだ！」と気合を入れて去って行った。

……は？

武器は農具がいいだろう？

ちょ、ちょっとまてぇぇぇぇぇ！

俺は農具なんて作ってないぞ！

それにフランクさん、あんた自分の得物ヤカン二刀流じゃないか！

なぜヤカンの素晴らしさを布教しないんだ！

俺は立ち去ろうとする人々に向かって叫ぶ。

「ま、待ってください！　武器はフライパンにしましょう！　あるいはヤカン！」

集会に参加した人がかわいそうな者を見るような目でこちらを見てくる。

「トウキ君、いくら君の日用品が優れているからってさすがにそれはないよ。ヤカンはフランクさんの技量とトウキ君のオーダーメイドだからこそ武器になるんだ。俺たち素人には無理さ」

そう言って雑貨屋のおっちゃんは俺の肩に手をポンと置くと去って行った。

俺は大急ぎで工房へと走って行った。

しまった！

不慮の事故を防ぐために日用品の攻撃力については秘密にしていたのが裏目に出た！

普通の人は鑑定スキルなんて持ってないし、フランクさんは武器専用のヤカンを俺が作ったと勘違いしているんだ！

ともかく、早く工房に帰らないと。

途中でエリカに出会う。

さすがに今日は店が休みだ。

「あらトウキじゃない、どうしたのそんな血相変えて」

エリカもモンスターのことなど微塵《みじん》も恐怖に思っていなかった。

俺の話を聞くまでは。

「ほえええええええぇぇぇぇ！！！！」

エリカは絶叫した。

「なんで農具で戦うのよ！　あんたちゃんと意見言ったんでしょうね！」

「言ったさ！　けどかわいそうな者を見る目をされて一蹴されたよ！」

「どうすんのよ！」

エリカは俺の両肩を摑むと左右に激しく揺らす。

「お、落ち着け！　俺に考えがある！　手伝ってくれ！」

「いったい何よ！」


ワーガルの街、西門には街の多くの男たちが農具を手に待ち構えていた。

モンスターの襲来にはまだ時間があったが、いつなにがあるかわからないというフランクの指示ですでに集結していた。

この街において、戦時にはフランクの命令は絶対であった。

それほどに信頼されている。

そこにエリカを筆頭に荷車を引いた女たちがやってきた。

「エリカちゃん、どうしたんだい？」

一人の男が声を掛ける。

「皆さんの力に少しでもなれるように、トウキが新品の農具を作ってくれました」

「おお！　そうか！　しかしトウキ殿もどうせなら槍を作ってくれれば良かったのに…」

男の意見は当然であった。

「しかし、この際文句はなしだ。みんな、ありがたく使わせてもらおう！」

手に取った男たちは口々に、「さすがトウキ殿の農具だ」「なんて軽いんだ！」などと言って大喜びである。

俺の苦肉の策は、新しい農具を作ることであった。

農具なら武器を量産したことにはならないし、戦いのあと街の役にも立つ。

エリカは次々に農具の素材を工房に供給したり、街の女性に声を掛けて完成した農具を運んだりしていた。

「これのどこが農具なのかしら…」

エリカはポツリとつぶやく。

【鍬（くわ）】
攻撃力　400　防御力　100　土壌改良（大）　重量削減（大）
【鋤（すき）】
攻撃力　400　防御力　100　土壌改良（大）　重量削減（大）

エリカたちが東門にも同様に農具を運んだときにはモンスターは視認できるほどの近距離にいた。

間一髪、俺の製作速度が勝ったのである。

「よっしゃ！　トウキさんの作った農具があるんだ！　みんなやっちまえ！」

「「「うおー！！！！」」」

街の男たちは農具を片手にモンスターに突撃する。

まるで一揆である。

その様子をエリカは濁った瞳で見ていた。

翌日の新聞には『勇者生誕の街ワーガル、またまた大偉業達成！』『今や住民全員が勇者の街ワーガル！　押し寄せるモンスターを蹴散らす！』『ヤカン二刀流のフランク、冒険者ギルドから特別Aランク認定！』といった記事が躍っていた。

俺は工房で一人、死んだように眠っていた。

動き出す歯車

ワーガルの街がモンスターを撃退してから数日が経過した。

街はいつもの活気を取り戻していた。

いや、いつも以上に活気にあふれていた。

先日のモンスター撃退によって、去りかけていた勇者ブームが再燃し、旅行客が増加。

さらに俺の農具によって農作業の時間が短縮され、自由時間が増えたことで街が活性化していた。

俺はしばらくの間、農具を見ると震えが止まらなくなる謎の病気にかかっていたが、なんとか持ち直して、今日も元気に日用品を作っていた。

…あれ、これでいいのか？

俺が今後の人生について珍しく考えていると、工房の扉を叩く音が聞こえた。

ドンドンドン
「トウキさん。お手紙です」

どうやら手紙の配達みたいだ。

「はい、今開けます」

俺は扉を開けて封筒を受け取る。

誰からだ？

手紙を受け取るような相手はいないし、武器の手紙注文は受けてないぞ。

俺は不思議に思いながら封筒を裏返して差出人を確認する。

差出人は書かれていなかった。

しかしながら、裏側は見覚えのある紋章で封蠟《ふうろう》されていた。

……これって王家の紋章だよな？

とてつもなく嫌な予感がする。

少なくとも役人が来ていない以上、罪人として呼ばれるわけではないだろう。

しかし、そこはかとなくヤバい気がする。

俺は意を決して開封する。

中身は至ってシンプルであった。

『聖剣エクスカリバーについてトウキ殿にお伺いしたいことがございます。この手紙を持って王城まで出頭願います』

ああ。俺の人生終わった。

短い人生であった。

きっと王家には、なんかすごい人がいて、俺の加工がばれたのだろう。

親父、ご先祖様。申し訳ありません。

俺は一人ひざまずいて、祈りを捧げていた。

「あんたなにやってるの？」

ちょうど昼食を作りに来たエリカが俺を憐れむような目で見ている。

「ご先祖様への謝罪」

「なんで？」

「なんでも」

俺はとっさに封筒を隠した。

王家からの呼び出しをエリカに知られたくなかった。

それに、エリカまで道づれにするわけにはいかない。

俺はなるべくいつも通りに接し、エリカが帰ったあとに王都に行く準備をした。


トウキのやつ、絶対なにか私に隠しているわ。

なんか今日は異常に優しかったし、先祖に祈りを捧げてるし。

ああ！　ほんとは問い詰めたいけど、店が忙しくて聞きに行けないわ！

「あ、いらっしゃいませ！」

私が店の仕事を終えたときにはすっかり夜も遅くなってしまった。

最近は観光客の増加で店を遅くまで開けることが多くて、晩ご飯を作りに行けないこともあった。

トウキは「しゃあないよ。俺もたまには外食したいし。問題ない」と言ってくれていた。

「ふう。問い詰めたいけど、今日は遅いし、明日聞きに行こう」

そう言いながら私はベッドで一人髪を梳く。

日課になっていたから、一人でするのは少しさみしいなぁ。

だめね。なんかシリアスな感じになってる。

今日はもう寝よ。

翌日朝食を作りにトウキの工房に行った私の目にはとんでもない看板が映った。

『しばらく臨時休業します。捜さないでください』


「王都か、久しぶりだな」

俺は六年ぶりとなる王都にやって来ていた。

「学生だった頃に比べて街並みもずいぶん変わってるな。さすが王都か。田舎町とは違うな」

多少の感慨にふけったあと、俺は街の中心にそびえたつ王城を見上げる。

「はあ。今からあそこに行かなきゃならないのか…」

俺は断頭台に上る死刑囚のような足取りで王城を目指した。

俺は王城に着くと、門番の兵士に手紙を見せる。

すると兵士は少し待つように俺に言うと、慌てた様子で城に入っていく。

やっぱり俺は要注意人物にでも指名されているんだ！　もう終わりだ！

などと被害妄想を垂れ流していると、兵士が一人の女性を連れて戻ってきた。

「久しぶりだなトウキ殿」

「ルクレスさん！」

城から出てきた女性は青髪のカタナを携えた、間違いなくルクレスであった。

「さあ、トウキ殿こっちだ」

俺は意味がわからず、言われるがままルクレスについて行く。

途中、ルクレスが「このカタナは本当にすごい！」とか「先日も我が領土に侵攻してきた帝国の奴らを蹴散らした！」とか「辺境に現れたグリフォンを倒した！」とか言ってた気がするが、右から左に聞き流していた。

俺が亡霊のように歩いていると、「ここだ」と言ってルクレスが止まった。

目の前には見たこともないほど大きな扉があった。

「ルクレスだ！　トウキ殿をお連れした！」

その言葉に反応して大きな扉が開け放たれる。

その中はもはやお決まりの大部屋の奥に玉座があって、王と王妃が座っていた。

ルクレスに先導されて俺は王と王妃の前に進む。

「ルクレス。その方がトウキか」

「はい。我が愛刀、雷虎を鍛えし鍛冶師でございます」

「ふむ。よく連れて来てくれた。我が娘よ」

……はい？　娘って言ったか？

俺は驚きのあまり、ルクレスを見る。

ルクレスは俺に向き直ると、ビシッと背筋を伸ばして、透き通るような声でこう言った。

「私のフルネームはルクレス・オークレア。オークレア国王の娘だ」

俺は光の速さで地面に頭を付ける。

「今までの数々の馴れ馴れしい態度。誠に申し訳ございません」

だから殺さないで！　お願い！

心の中で強く願う。

「トウキ殿！　頭を上げてくれ！　大丈夫だ。私も王も気にしてはいない」

「本当ですか！」

「ああ。むしろ今日はトウキ殿にお願いがあって呼んだんだ」

「わたくしめにできることでしたらなんなりと！」

だから殺さないで！　お願い！

「トウキ。貴殿に頼みたいこととはこれじゃ」

そう言うと王は近くに控えていた兵士に指示を出す。

兵士は俺の前に来ると一振りの剣を差し出した。

うん。エクスカリバーだね。

「実はな。我が宮廷の様々な賢者が検討した結果、エクスカリバーは本来の力を失ってしまっているという結論に達したのじゃ」

はい。よく存じ上げております。

「いつの間に失われたのかは結局わからなかったのじゃがな」

多分一年くらい前だと思います。

「原因もわからずじまいじゃ」

どっかの鍛冶屋が解体したんじゃないですか。

「そのせいで、今や娘の雷虎にも劣る、攻撃力の高いただの剣に成り下がっている」

ええ。本物はそれはそれはすごうございました。

「そこでじゃ。王家としては聖剣エクスカリバーを復活させる計画を立て、我が国でも一番腕の良い鍛冶師にエクスカリバーを託すことにしたのじゃ。ルクレスにはその鍛冶師を探すように頼んでいたのだ。そしてルクレスが見つけてきたのがお主じゃよ。まさかエクスカリバーを拾った男が選ばれるとは数奇なものよ」

いいえ、多分必然ですよそれ。

「トウキ殿、貴殿の腕の良さは私が保証する。どうか頼む」

ルクレスが頭を下げる。

俺は頭が真っ白になった。

とにかく何か反論をしようと思い俺が口を開けようとしたとき、ルクレスがさらに畳み掛けてきた。

「賢者の調べでは、エクスカリバーはその存在によって魔王亡きあとのモンスターの活動を抑制してきたらしい。先日トウキ殿の街がモンスターに襲われたのもエクスカリバーの力が弱くなったことに起因するのだろう。これからはあのような悲劇が多発するかもしれない。しかし、『できることでしたらなんなりと』と言ってくれて安心したよ」

ルクレスは太陽のような笑顔で微笑みかけてくる。

「ハイワカリマシタ。オマカセクダサイ」

俺に逃げ場はなかった。

世の中やっぱり金　その①

俺は王城をあとにするとルクレスと共に王都を歩いていた。

ルクレスは聖剣の復活までワーガルの街で過ごすことになった。

資金や権力が必要になることもあるだろうというのが王の主張だったが、どう考えても監視であった。

いや、俺だってモンスターの抑制を解いてしまったことに責任は感じているから逃げるつもりはなかったが……。

「ルクレス様」

「『様』はいらない。ついでに言うと、もう客でもないから『さん』もいらない。貴殿と私の仲ではないか」

そのせいでフライパンの餌食になりそうでしたけどね。

「緊張でのどが渇きました。少しカフェにでも寄っていいですか？」

「ああ、確かに。私も少し落ち着きたい」

そう言って俺たちはカフェに入って行った。

エリカが見たら今度こそヤカンをフルスイングしそうな場面である。

「しかし、ルクレスさ…ルクレスが王族だったとは…」

うぅ…、本当に呼び捨てでいいのだろうか。

突然近衛兵が出てきて切られないだろうか。

「すまない。だますつもりはなかったのだが、王家と知ってトウキ殿が委縮しないようにしたかったのだ。おかげでこのように素晴らしい剣を手に入れられた」

そう言って腰に携えた雷虎に手をやる。

「喜んでいただいてなによりです」

「それに、私には王位継承権はない。国民の前に王族として公に出ることもないしな。まあ、姉上や兄上を見ていると大変そうだから私は嬉しいのだが」

確かに、今まで王都を一緒に歩いていて、ルクレスの美貌に振り向く人はいても、王族がいると騒ぎになってはいなかった。

「どうしてか気になるという顔をしているな」

「いや、えっと。はい」

「まずはこれを見てくれ」

そう言うとルクレスは左手首に手を当て、ステータスを表示する。

氏名：ルクレス・オークレア

職業：英雄（ランク22）
スキル：魔法スキル　自動回復　遠近攻撃　高速移動　鑑定

「なんじゃこりゃぁ！！！」

思わず俺は立ち上がりながら叫んでしまう。

「トウキ殿、静かにせよ。店に迷惑であろう」

怒るポイントが微妙にずれてる気がするが…。

「す、すみません」

俺はこちらを見ている他の客に頭を下げながら着席する。

「王家の人間にはな、ときたま英雄という職業の者が生まれるのだ。かの勇者もそうであったと伝えられている」

「そうなんですか…」

これ以外の相槌を打ちようがない。

「英雄の職に就いた者は王位からは離れて、国を守護するのが決まりなのだ。ああ、ランクが22もあるのは、雷虎のおかげでかなりの経験を積んだからな。それ以前はランク7だったよ」

「ははは…」

言えない。

多分本物のエクスカリバーをこの人が持っていたらランクはもっと上がっているだろう。

「せっかく英雄に生まれたのだ。真の力を取り戻したエクスカリバーを使ってみたいものだ」

「ガンバリマス」

冷や汗が止まらない。


俺はルクレスと共に、八日ぶりにワーガルの街に帰ってきた。

ルクレスが役人用の二日で着く直通馬車を用意しようとしてくれたが、そんな物で帰ったら下手に注目を集めてめんどくさいので、通常の四日で行き来する馬車を使った。

意外にもルクレスは通常の馬車にもよく乗るとのことで、嫌がることなく承諾してくれた。

だが、俺の策は無駄に終わる。

その日はなぜか街の入り口に自警団の人が数人、待ち構えていた。

俺とルクレスを見るなり、自警団員の一人が街の方へと去って行った。

結局『消息不明だった鍛冶屋のトウキ、王都から青髪の美女と共に帰還』の話はたちまち街中に広がってしまった。

工房に帰るまでの道のりには、ルクレスを一目見ようとぞろぞろと人がついて来ていた。

「すいません。なにぶん田舎町でして。王都から来る人が珍しいんでしょう」

「はは、気にしてはいないよ」

ごめんなさい。嘘つきました。

本当は『青髪ってことはこの前噂になってた子か？　どんな子なんだ？　トウキもやるじゃない

か』的なノリで見に来てるんです。

だが、工房に着いたとき、こんなものは序の口に過ぎないと俺は思い知らされる。

工房の前には鬼が立っていた。

「や、やあ、エリカ。ほ、本日はお日柄もよく」

震える声で意味不明な挨拶を俺はする。

「そうね。そんな綺麗な人と一緒に歩いているなら、さぞお日柄もいいでしょうね」

にっこりとしてエリカが答える。

「いやあ、ははは」

「ふふふ」

サーベルキャットに囲まれてた方がましだ。

道具屋にいた大勢の客もこっちを見ている。

「トウキ殿、この方は？」

ルクレスが尋ねてくる。

よし、空気を変えるチャンスだ！　ナイス！

俺はエリカの店を指差しながら、「工房の隣にあるこの道具屋の娘のエリカです」と紹介する。

「おお！　ここが有名な日用品を扱うワーガルの道具屋か！」

そう言うとルクレスは店に突撃していった。

王族である彼女は空気を読むことが少し苦手であった。

「ルクレス！　置いていくなよ！」

俺はつい言葉に出してしまう。

完全に失策だった。

「そう。そんなにその人と居たいのね？」

「エ、エリカ。これはそのだな…」

「私はお店に戻ります」

エリカは店に戻ってしまった。

手に持っていた最新作のお玉がへしゃげていたのを俺は見逃さなかった。

周りからは「あー、やっちゃったなぁ」という声が漏れていた。


俺は先に工房に入ってルクレスを待っていた。

そのとき突然「バァンッ！！！」と大きな音を立てて、扉が開けられた。

驚いてそっちを見ると、そこにはまさかの訪問者がいた。

正直、こんな展開は俺も予想してなかった。

「ちょちょちょ、ちょっとトウキ！　なんなのよあの人！」

興奮した様子のエリカが俺の頭を両手で掴むと激しく振る。

「いきなり店の物全部くれとか言い出して、カウンターに一億Eを置いたんですけど！　しかもこれでは足りないかって聞いてもう一億E置いたんですけど！　なんなの！　神なの！」

いいえ、英雄です。
うん。あの一億Eは驚くよね。知ってる。
「あんなのどこで見つけてきたのよ！　何者よあの子！」
さっきまでの怒りはどこへやら、積極的に話を聞いてくる。
やっぱり金ってすごいわ。
あとでルクレスには好きな日用品を作ってやろう。

世の中やっぱり金　その②

工房には俺とエリカとルクレスがいる。

今現在エリカは鼻水と涙を流しながら土下座をしている。

到底嫁入り前の若い娘がする顔ではない。

「大変もうじわげございばぜんでじだ！　王族の方とは思わながっだんでず！」

もはや言葉になっていない。

「エ、エリカ殿、顔を上げよ。女性がそのような顔をしてはいけない」

ルクレスがエリカの顔を上げさせて、顔を拭いてやる。

平民の鼻水を拭いている今の状況を近衛兵が見たらどうなるのだろうか。

俺はルクレスが工房に来たところでエリカに全ての事情を話した。

話を聞き終えたエリカは最初、「嘘つくならもっと上手い嘘つきなさいよ！」と言ってルクレスの顔に唾を掛ける勢いで怒っていた。

しかし、ルクレスがステータスを見せると、一転、今の状況へとなったのである。

俺がエリカを起こして椅子に座らせる。

「とにかくエリカの誤解も解けたことだし、よかったよ」

「そうだな。エリカ殿、これからもよろしく頼むぞ。それから私のことはルクレスで構わない」

そう言ってルクレスはエリカに右手を差し出す。

「は、はい！　よ、よろしくお願いします！」

エリカはその手を握り返す。

さっきお前その手で鼻水拭ってなかったか？

「ルクレス、このことは三人だけの秘密だ。君が王族と知られたら面倒だし」

俺はこれ以上の面倒事が増えないように頼む。

「ああ、承知した」

ふう、とりあえずこれで一件落着か。

へしゃげたお玉を見たときは死ぬかと思った。

「ところでエリカ、なんで今日は自警団の人が門に居たんだい？」

俺はずっと抱いていた疑問をぶつける。

「今日だけじゃないわ。ここ三日はずっとよ」

「まさかモンスターの襲来か！」

ルクレスが立ち上がる。

この人も生粋《きっすい》の英雄である。

「いえ、モンスターではないんです。実は……」

エリカが話してくれた内容は以下のようなものであった。

ワーガルの街は観光客の増加に加えて、エリカの店を中心に目覚ましい発展を遂げた。

そのためワーガルは気付けば、カフン伯爵領のなかでも屈指の経済力を誇る街になっていたそうだ。

カフン伯爵はワーガルの街に対して今まで以上の税金を掛けることを決定した。

その額が問題だった。

多少の値上げなら、受け入れたかもしれない。

しかし、カフン伯爵の増税額は、発展前のワーガルの水準ぐらいしか街にお金が残らないものであった。

つまり、発展による上積みを全部よこせと言ってきたのである。

これにはワーガルの人々も激怒した。

シュレック侯爵との戦争、続くモンスター戦に一切戦力を出さなかったカフン伯爵はもともとワーガルでは嫌われていたこともあり、住民の怒りは相当なものであった。

そのため、街の人は増税案を突っぱねて、いつも通りの金額のみ納めたそうだ。

これに対して、伯爵は『一週間以内に追納しないと軍勢を送り込む』と通知してきた。

今は街で対応を協議中だが、何があるかわからないということで自警団が門に常駐しているとのこと。

「なんと破廉恥な貴族なのだ！　私が成敗してくれる！」

ルクレスは義憤に駆られて立ち上がる。

「落ち着いてください。大丈夫ですよ」

俺はルクレスに言う。

「なぜだ！」

「なぜって…」

そりゃワーガルの街は最強の武装集団ですから。

とは言えないしなぁ…。

「これはワーガルの問題ですから。王族のルクレスが出てくるとなにかと問題でしょう」

エリカがそう答える。

その態度は微塵もヤバい状況とは思っていない感じであった。

こいつも事情知ってるからな。

「ぐっ、確かにその通りだ」

ルクレスは悔しそうな顔をして着席する。

「じゃあ、俺は早速話し合いに参加して来るよ。エリカ、すまないがルクレスの相手を頼む」

そう言って俺は席を立つ。

エリカは耳元で、「今回は上手くやんなさいよ。もう農具を運ぶのはこりごりよ」と忠告してきた。

俺はわかってるよとばかりに手を上げて反応してから、工房をあとにした。

集会所では、お馴染みのメンツが議論をしていた。

「フランクさん。仮に伯爵と戦争になった場合勝てますか？」

エリカのおやじさんが尋ねる。

「そうですね。伯爵の軍勢は領内全部で一万人はいます。それに装備も充実している。こちらに何人送り込むかわかりませんが、今までとは相手が違う、苦戦するでしょう」

いや、多分しないんじゃないかな。

「なるほど。そうなると、前回のように農具で素人が戦うわけにいきませんな」

いや、多分大丈夫なんじゃないかな。

「トウキ君はどう考える」

「そうですね。今までも不可能を可能にしてきましたし、今回も皆で立ち向かいましょう！」

俺はここぞとばかりにアピールする。

すると、服屋のおっちゃんが泣きながら反応する。

「トウキ君、君はなんて熱い男なんだ。その心意気だけでも十分だよ」

その言葉に参加者が全員うなずく。

あれー？　おかしいなぁ。誰も賛同してくれないぞー？

またしても変な方向に話が進みそうな予感がした。

「わかった。俺は腹を括《くく》ったぞ」

エリカのおやじさんが膝を両手で叩きながら言う。

ああ、俺の予感が当たりそうだ。

「どういうことだい道具屋?」

カフェのマスターが尋ねる。

「俺に考えがある。それにはみんながついて来てくれないと困る。どうか俺に任せてくれないか!」

エリカのおやじさんは深々と頭を下げる。

「頭を上げろよ道具屋」

「そうだぜ、俺たちはあんたについて行くさ」

「あんたのおかげでうちは繁盛してんだからさ」

カフェ、服屋、雑貨屋のワーガル三銃士が賛成すれば反対する者は誰もいない。

「我々自警団からもお願いする」

軍神フランクまで頭を下げれば、俺に抗う術《すべ》はない。

工房に帰った俺は、エリカとルクレスに話し合いの結果を伝える。

「あんたねぇ! 出ていく前にカッコつけておきながらなにしてんのよ!」

「仕方ねぇだろ! 反対できるかあの状況で!」

「二人は仲がいいのだな」

ルクレスは相変わらず一人だけずれていた。

いよいよ伯爵の期限が明日に迫ったとき、ワーガル中を驚かせる記事が新聞に躍った。

『王国政府、ワーガルの道具屋を男爵に！』

王国政府は、トンデモ日用品でおなじみのワーガルの道具屋の店主サスカ氏（42歳）に男爵位を与えると発表した。

サスカ氏は家名をエルスとし、今後はサスカ・エルスと名乗る。

エルスは我が国の通貨単位であるが、その由来は勇者に付き従った行商人の名前である。

勇者の街ワーガルを治めることとなるサスカ氏にぴったりの家名と言えよう。

王国政府筋の話では、王国政府に対して三十億Eの寄付を行ったことを評価しての男爵位の授与であるという。

「「「な、な、なんだこれは！！！」」」

街中ではこんな叫びが響き渡った。

俺は、おやじさんってサスカって名前だったんだと変なところが気になっていた。

俺が工房で新聞を読み終えたとき、工房の扉が開かれた。

「ちょっとトウキ！　匿《かくま》って！」

汗だくのエリカが転がり込んできた。

「どうしたんだ？」

「どうしたもこうしたもないわよ！　街を歩いてたらいきなり街中から追いかけられて！」

「お前新聞見てないのか？」

「見てないわよ？」

「ほら」

俺は新聞を差し出す。

エリカ・エルス男爵令嬢はそのまま固まってしまった。

おやじさん、せめて娘には事前に言おうよ。

世の中金じゃないこともある

今や勇者の街はエルス男爵領ワーガルとなっていた。

エリカのおやじさんが男爵となり伯爵からの徴税を逃れるというウルトラCによって危機を脱した街はまたまた有名となった。

ワーガルの街も変わった。

税金は今までの三分の一となった。

男爵家自身が道具屋で儲けていること、ワーガルだけを維持すればいいので必要経費が少なかったことが理由である。

自警団も騎士団に格上げされ、フランクさんは騎士団長となっていた。

武器はヤカンだけど。

今までの集会はワーガル議会と名前を改め、決定には拘束力が発生するようになっていた。

まあ、議員はその辺の店のおっちゃんたちだけど。

俺たちは今、工房でのんびりとしていた。

エリカの店はおやじさんが手続きなんかで忙しいため、しばらく休業していた。

エリカの店が休みであったから連鎖的に俺も仕事がなかった。

在庫を作る必要が俺にはないから。

ルクレスは本来の仕事を忘れて、俺が作ってやった裁縫セットで遊んでいる。

「トウキ殿！　すごいなこれは！　どんなに分厚い布でも簡単に縫えるぞ！」

「おお、そうかそうか」

俺は適当に相槌を打つと、エリカに向き直った。

「男爵令嬢殿にはいささか狭い工房で申し訳ありません」

「男爵令嬢って言うな！」

最近はこうやってからかうのが日課である。

おやじさんが男爵の位を賜ってから数日は王国の役人がワーガルに来ており、伯爵も手を出せなかった。

だが、その役人も今日で帰還してしまう。

伯爵がどのような手に出てくるのかワーガルの街は緊張に包まれていた。

徴税は回避したが結局戦争になるのではないかと人々は恐れていた。

ここ数日の新聞には連日エルス男爵VSカフン伯爵の次なる展開を予想する記事が掲載され、王国中が注目していた。

俺とエリカに言わせれば、当初から戦争でけりをつけてくれた方がよっぽど楽でいいのだが…。

もちろん、俺たちの思うように行かないのがこの世の常である。

翌日の新聞にはデカデカと次のような記事が掲載された。

『カフン伯爵、息子のバート氏（28）とエルス男爵の娘エリカ氏（20）の婚姻を王国政府に申請！』

徴税問題に端を発し、カフン伯爵領から独立したエルス男爵領ワーガル。

両者の対立がどのような展開を迎えるのか注目が集まる中、驚きの発表がなされた。

カフン伯爵は自身の長子バート氏とエルス男爵の一人娘エリカ氏の婚姻を王国政府に申請したと発表した。

ワーガルの街と戦争をするのは得策ではないとの判断であろう。

貴族同士の婚姻には、貴族の勢力が大きくなり過ぎないように、王国政府の許可が必要とされている。

今回許可が下りれば、数日前に男爵の位を賜ったばかりのサスカ氏としては王国政府の顔に泥を塗ることになりかねず、婚姻を断ることは到底できないと思われる。

カフン伯爵としてはこの婚姻で再びワーガルの街を自身の影響下に置くことを画策していると考えられる。

「ほげぇぇぇぇぇぇぇぇ！！！！！」

俺はとんでもない叫び声を上げる。

こうしちゃいられない。

俺は道具屋に駆け出す。

「おい！　エリカ！」

「なによううるさいわね！　お客さんいるのよ！」

エリカの店は今日から開いていた。

すでにお客さんでごった返しているのはさすがである。

「そんなことはどうでもいいんだよ！　新聞のことだ！」

「忙しくて見てないわ。どうしたのよ？」

俺は新聞をエリカに手渡す。

エリカが新聞を読み始める。

周りの客も何事かとこちらを見ている。

店内にしばらくの静寂が訪れる。

そして、店内に響いたのは「ゴンッ！」という気絶したエリカが床に倒れる音だった。

俺は気絶したエリカを道具屋の二階のベッドに寝かせてやる。

おやじさんは今後の対応を考えると言って、店を臨時休業し、俺に留守を任せて出ていってしまった。

どうしたものかと考えていると、店の外から聞き慣れた声で呼ぶ人がいた。

ルクレスが様子を窺《うかが》いに来たのだ。

「エリカ殿はどうしている」

「新聞を見たら気を失ったよ」

「ふむ。無理もなかろう」

「なあ、この申請って通りそうなのか？」

「そうだなぁ。カフン伯爵家はこれでも歴史ある一族で、中央にも太いパイプがある。それに伯爵と男爵だ、位の差から言っても問題はない。なにより、ワーガルはもともと伯爵領だ。申請が通る可能性はかなり高いな」

「申請が通ったら婚姻は断れないのか？」

「もちろん断れるさ。ただ、今まで前例はないし、断ればどうなるかわからない」

「それは一体…？」

「つまり王国政府に日を付けられるのさ。下手をすれば、爵位の召し上げだってありうる」

「それって振り出しに戻るだけじゃないか！」

「振り出しどころではない。その後カフン伯爵がワーガルを反乱勢力に認定すれば、王国軍や冒険者が討伐にやって来るぞ」

状況は最悪だ。

伯爵のやろう、貴族なだけあって権謀術数の類には長《た》けてやがる。

伯爵軍ぐらいならなんとかなるが、王国軍や冒険者まで敵に回すとさすがにマズイ。

俺はしばし考える。

そして一つの結論を出す。

「ルクレス、一つ頼まれてくれないか？」

「ああ！　トウキ殿の頼みとあらば！」

俺はルクレスにある頼みをする。

ルクレスはうなずくと王都に向けて駆け出していた。

「あれ馬より速いな。英雄と雷虎ってすげえわ」

こんなときなのに、俺は初めて見る英雄と雷虎の性能に感嘆していた。

俺はルクレスに頼んだことを実行に移すべく、一旦工房に帰った。

工房での用事を終えて、エリカのところに戻ると、エリカは意識を取り戻してベッドに腰掛けていた。

「お父さんは？」

「今後の対応を協議しに行ったよ。店は臨時休業だ」

「そっか」

エリカにはいつもの元気がない。

「はあ。あんたがエクスカリバーを拾ってからというもの、振り回されっぱなしよ。まったく」

「うぐ、それを言われると反論の余地がないなぁ」

少しの沈黙が流れる。

俺は気合を入れ直すとエリカに話しかける。

「まず、前提として聞きたいんだけど、お前伯爵の息子と結婚する気ある？」

「はあ!?　あるわけないじゃない！　なんで見たこともない男と結婚したいのよ！　そもそもカフン姓になるだなんて想像しただけで吐き気がするわ！」

おう、なんかすげえ嫌ってるな。

いや、わかるけどさ。

「そうか」

そう言うと俺はエリカの目をじっと見つめる。

「な、なによその目は。まさか！　弱ってる私を襲おうってんじゃないでしょうね！」

「ちがうわ！」

そう言ってエリカの頭を軽く叩く。

「いったいいわねえなにするのよ！　…ってなにしてるの？」

俺はエリカに対して片膝をついていた。

そしてポケットから人生を懸けた逸品を取り出す。

「エリカ、俺と結婚してくれないか」

そう言って指輪を見せる。

「は？　へ？　なに？　ドッキリ？」

「いや。違うよ。これじゃまるで策の一つとして告白したみたいでかっこ悪いけどさ。けど、やっぱりエリカを誰か他の男にとられるのは嫌なんだよ」

「……うん」

エリカは泣きながら話を聞いてくれている。

「俺は金持ちでもないし、有名な冒険者でもない。あるのは異常な鍛冶の腕前だけだ。そのせいで、エリカをとんでもないこと巻き込んでしまった」

「ふふ、そうだね」

おいおい、その泣きながら微笑むのは反則だろ。

心臓が飛び出るかと思ったぞ。

「こんな客観的に見たら事故物件みたいな男だけどさ。エリカのことは誰よりも知っているし、愛しているつもりだ」

「ランキング七位でもいいの？」

「ま、まだ根に持ってたのかよ。悪かったよ」

俺は深呼吸をすると改めてエリカに伝える。

「俺の奥さんになってくれないか」

「はい。喜んで。末永くお願いしますね」

俺はエリカの左手の薬指に指輪をはめた。


エリカにプロポーズをした俺は、すぐさま議会へと走った。

議会では今後の対応を巡って激しく議論をしていた。

「誰かあのクソ伯爵に一泡吹かせる考えは思いつかないのか！」

服屋のおっちゃんがテーブルを叩きながら怒鳴る。

俺が議会に到着したのはちょうどそのときだった。

俺は議会の扉を開けると、開口一番、センターに座る男性に向けて叫んだ。

「俺に娘さんをください！！！！」

議会の全員が何事かとこちらを見ている。

センターに座る男性は静かに俺に問いかける。

「娘はなんと？」

「エリカには受け入れてもらいました！」

「そうか……」

議会が静寂に包まれる。

「ふう……。遅いよトウキ君。もっと早く決断してくれていればこんなにも議論をしなくてよかったのに。娘を頼むよ」

「ありがとうございます！」

その瞬間、議会が割れんばかりの拍手と喝采に包まれた。

「全く今頃かよ」

「ほんとですよ。サスカさんも言ってましたけど、もっと早く結婚すると思ってました」

「綺麗な嫁さんでうらやましいのう」

服屋のおっちゃん、カフェのマスター、雑貨屋のおっちゃんがバシバシと俺を叩きながら祝福する。

「トウキ、妻は大切にするんだ。いいな」

フランクさんがアドバイスをくれる。

…少し不安だが。

男にはやらなきゃならないときがある

翌日の新聞は『大逆転！　エルス男爵、別の男性との結婚を王国政府に申請！　即日許可！』の記事が一面を飾った。


わずか一日での急展開であった。

カフン伯爵が婚姻を申請していたエルス男爵の一人娘エリカ氏（20）が別の男性と結婚することとなった。

爵位継承権を持つ女性貴族と平民男性が結婚する場合には平民が婿入りすることとなっており、平民が貴族となるため、王国政府の許可が必要である。

エルス男爵はワーガルの街の鍛冶師であるトウキ氏（21）とエリカ氏との婚姻を申請、異例の即日許可となり、カフン伯爵の申請は却下されることとなった。

ある王国政府関係者によると、とある王族が関与しており、許可せざるを得なかったとのことだが、真偽は不明である。

工房で俺はエリカとルクレスと新聞を読んでいた。

「この王族ってもしかして…」

「ああ、私だ。エリカ殿のお役に立ててよかったぞ」

エリカは固まってしまった。

「ルクレス、すまなかったな。変な頼みごとをして」

「はは。良いのだ。トウキ殿には世話になっているのだから。婚姻の許可は父上も簡単に同意してくれたが、エクスカリバーを指輪にする件は説得するのに苦労したぞ」

「ぼぇ？」

うちの新妻はとんでもない音を出して再び動かなくなった。

「トウキ殿が言うには、エクスカリバーを復活させることはもはやできない。代わりに新たな聖剣をトウキ殿が作製するとのことだと言ったら、やっと父上も納得してくれたよ」

「じ、じゃあこの指輪って…」

「ああ、元聖剣だよ」

俺はさらっと答える。

「あ、あ、あんたねぇ！　なんてことしてくれてるのよ！　国王陛下が許可くれなかったらどうするつもりだったのよ！　このバカ亭主！」

そう言いながら、エリカは蹴りをお見舞いして来る。

「ははは。早速尻に敷かれているな」

ルクレスはやはりずれている。

「ちょ、ちょっと待てエリカ、とりあえず鑑定してみてくれ」

「もう！」

そう言いつつ鑑定してくれる。

【光の指輪】
防御力　800　　**状態異常耐性（完全）**　　**自動回復（極大）**

「なによこれ…」

「さすがトウキ殿だ！　これなら聖剣の復活も近いな！」

「いやー、エクスカリバーを指輪の大きさまで圧縮したら本来の輝きを取り戻してさ。イケると思ったんだが、予想通りだったな。それに、お前には傷ついてほしくないから」

「トウキ…」

「エリカ…」

俺たちは見つめ合う。

言えない、証拠隠滅も兼ねているなんて。

「ところで、どうしてトウキ殿はエクスカリバーの本来の輝きを知っているのだ？」

「…ん？　俺そんなこと言いましたか？　さてと、仕事しないと。聖剣のためにがんばるぞー」

「私もそろそろ昼食の用意をしないと」

俺とエリカはそそくさとルクレスの側を離れる。

「なあ、聞き間違えではないと思うのだが。トウキ殿。なあ」

しつこく聞いてくるルクレスをまくのには苦労した。

俺たちが仲良く昼食をとり終えたころ、そいつはやってきた。

「トウキとやらはいるか」

突然男の声が工房に響き渡る。

「私がトウキですが、どちら様でしょうか」

そこには綺麗な金髪をした、端正な顔つきの青年が立っていた。

「私はバート・カフンという。貴殿にエリカ殿を懸けて決闘を申し込む」

「はい？」

「決闘を申し込むと言っているのだ。まさか断るということはないな」

なんだこいつ？

俺が混乱していると、エリカが応答する。

「バートさん、申し訳ありませんが決闘をお受けする理由が夫にはありません」

「いや、エリカ殿、そうはいかないのだ」

ルクレスが口を挟む。

「どういうこと？」

「トウキ殿は今や貴族である。王国法では貴族は申し込まれた決闘を拒否すると爵位が一つ低下するのだ」

「それってつまり……。うちは最下位の男爵だから……」

「エルス家はお取り潰しだ。普通、貴族は怪我をしたくないから決闘なんぞせず、戦争や交渉ですませるが」

「そういうことだ。トウキ、私と決闘してくれるな」

「は、はい」

「では、三日後にまた来る。それまでに立会人と得物を用意しておくのだ」

「ま、待ってくれ。俺が勝ったら金輪際伯爵家はワーガルに関わらないと約束してくれ」

「よかろう。勝てればな」

そう言って、バートは去って行った。

「な、なあルクレス」

「なんだトウキ殿」

「決闘って相手を殺しても、問題ないのか？」

「ああ、たとえ男爵が公爵の人間を殺しても決闘なら文句は言われないぞ」

「そうか。それを聞いて安心したよ」

だって、俺の武器じゃ殺さない方が難しい。

「トウキ、軽くひねっちゃってね」

「エリカ殿はトウキ殿を信頼しているのだな」

いや、うちの夫婦には負けるという概念がないだけだと思います。

俺は武器を作るべく素材屋に足を運ぶ。

「こんにちは」

「おう、若旦那」

「やめてくださいよ」

「ははは。おっとすまねえ。今日はもう売り切れなんだ」

「はい？」

「いやな、さっき金髪の兄ちゃんが来て、全部くれって言うから売っちまったんだ。相場より高く買ってくれるってんでな」

バートのやろう！

周辺の街の店からはことごとく素材が無くなっていた。

工房に戻った俺はどうしたものかと悩んでいた。

「どうすんのよトウキ！」

「エ、エリカ殿!?　トウキ殿への信頼はどうしたんだ!?」

「武器の無いトウキなんてクソ雑魚ナメクジなのよ！」

「おいエリカ。さすがにキレるぞ。まあ確かに、指輪のあるエリカが決闘した方が強そうではあるが」

「ああ、私はあの男の若い劣情の捌《は》け口にされるのよ…」

「お前なあ…」

しかしどうするかなぁ。

新しく作れないとなれば、既に作ったやつで行くしかないなぁ。


三日後、ワーガルの街の外では大勢のギャラリーが囲む中心で二人の男が対峙していた。

「トウキ、逃げずによくぞ来た」

「それよりも、約束は守ってくれるんだろうな」

「当たり前だ。反故にしたらカフン家はお取り潰しだ。君こそ約束は守りたまえよ」

「ああ。ところで聞きたいのだが、お前はエリカの何が好きなんだ？」

「なにを言っているのだ？　私は新聞にまで取り上げられておいて、結婚することができなかったことで傷つけられた名誉を取り戻しに来たのだ。それ以外に興味はない」

ギャラリーの一角からすさまじい殺気がしている。

良く知っている殺気だ。

「なんというテンプレ…。まあ、心置きなく叩けるよ」

「では両者、準備はいいな！」

俺が立会人に選んだルクレスが声を掛ける。

王族で英雄である。これ以上の立会人はいない。

「両者前へ」

ギャラリーからは、「やっちまえトウキ！」「その金髪やろうの鼻をへし折ってやれ！」「あの立会人の子、すげえかわいいな」といった声が聞こえてくる。

「構え！」

ルクレスの号令で武器を構える。

バートはそこそこのロングソードを構える。

俺は新製品として売り出し予定の泡立て器を構えた。

「き、貴様！　私を愚弄しているのか！」

「俺は大まじめだ！　嫁さんを栄誉のトロフィー扱いされて頭に来てんだよ！」

「私語はそこまでだ。あとは戦いで決着を着けるがいい」

ルクレスが制する。

「両者よいな！　では始め！」

ルクレスの号令と共にバートが突撃して来る。

うわ！　はや！

俺はバートの鋭い斬撃《ざんげき》を泡立て器で受け止める。

キィィィンンン！！！

金属同士がぶつかる甲高い音が響き渡る。

ギャラリーからは「おぉー」という声が上がる。

「な、なんなのだこの泡立て器は！　なぜ壊れないのだ！」

バートの顔はたちまち恐怖に彩られる。

俺はロングソードとがっちりと噛み合った泡立て器をグイッと横に曲げる。

バギッ！

鈍い音を立ててロングソードが折れる。

そこからはもはや一方的な暴行とも言うべき状況であった。

バートは降伏するまで、一方的に泡立て器で殴られていた。

降伏するころには、涙に鼻水、糞尿を垂れ流していた。

貴族の名誉とはどこへやら。

決闘は俺の圧勝であった。


ようやくカフン伯爵とのゴタゴタが終わり、ワーガルの街に平穏が戻った。

俺たち三人は工房でゆっくりと過ごしていた。

「ふう。泡立て器がなければヤバかった」

【泡立て器】
攻撃力　250　防御力　250　重量削減（大）　攪拌効果（大）　耐久性（大）

「さすが私のトウキね」

泡立て器を鑑定しながらエリカが言う。

「よく言うぜ、決闘前は散々俺のことバカにしてたのに」

「ははは…」

ごめんなさいとばかりに抱き着いてくる。

くそ、そんなことされたら許すしかないじゃないか！

まあ、これでめでたしめでたしだな。

終わりよければすべてよしというし、よかったよかった。

うん、うん。

「トウキ殿。これで心置きなく聖剣の作製に移れるな！」

ちっ、ルクレスのやつ覚えてやがったか。

騎士団長の悩み

ワーガルの街が安定して人々は平穏を取り戻していた。

そんな中、一人悩みを抱えている男がいた。

ワーガル騎士団長のフランクである。

妻のリセとは一時期微妙な関係になっていたが、今では三人目を作るかなどと話し合える仲になっている。

二人の息子は将来騎士団に入ると言って元気にしている。

彼の悩みとは武器についてである。

彼はヤカンのフランクと呼ばれていた。

確かにこの街一番の鍛冶屋で作ってもらったヤカンは素晴らしかった。

しかしやはり、騎士団長となってまでヤカンというのは、格好が悪い。

街が平穏を取り戻した今こそ武器を新調しようと思っていた。


「トウキはいるか」

俺はトウキの工房を訪ねた。

「ああ、フランクさん。トウキですね。呼んできます」

工房の扉を開けると、エリカが工房の掃除をしていた。

仲睦まじいようでなによりである。

「フランクさん、今日はどうしました？　ヤカンの不調ですか？」

「い、いや。違うのだ。今日は武器を新調したくてな。さすがにいつまでもヤカンというのも…」

「ああ、やっとですか。てっきりヤカンのことを気に入ってるのかと思ってましたよ」

「なっ！」

途端に俺は恥ずかしくなった。

よくよく考えてみたら、三十六歳の男がヤカンを振り回しているのだ。

それも二つも。

これは控えめに言ってもヤバい。

「ト、トウキ。今すぐ作ってくれ！　ヤカンは引き取ってくれ！」

「わ、わかりましたよ」

俺はヤカンを差し出す。

「それでどのような武器にしましょう」

「やはり使い慣れたロングソード系がいいな」

「素材はどうしましょう？」

「ああ、それならこれでお願いする」

今日はリセの機嫌がよかった。

武器を新調しに行くと言ったら、いつの間に貯めたのか、かなりの金額を笑顔で持たせてくれた。

そのお金で俺は純度の高い銀を購入していた。

「おお！　これはすごい！　これなら十分強い武器が作れますよ！」

「そ、そうか。それから、一千万Eなのだが、分割にはできないか？」

「フランクさんならいいですよ。実費だけいただければ」

「し、しかし…」

「いいんですよ」

「で、ではお言葉に甘えさせてもらおう」

「今ちょっと仕事が立て込んでるので、明日の今頃来てもらえますか？」

「ああ。わかった」

立て込んでいるのに明日には完成するのか。

つくづく恐ろしい男だ。

翌日俺はトウキの店に武器を受け取りに行った。

今朝は久しぶりにリセが行ってらっしゃいのキスもしてくれた。

いい一日になりそうだ。

工房の扉を開けると、新婚の夫婦が揃って土下座をしていた。

「ど、どうしたんだトウキ、エリカ？」

「誠に申し訳ございませんでした。必ず弁償いたしますのでどうかご容赦ください」

「夫のことをどうか許してやっていただけませんか。必ず弁償させますので」

「と、ともかく何があったのだ？」

俺が問い質《ただ》すと、トウキは銀色に輝く長方形の板を取り出した。

板の端には穴が空いていて握りやすくなっている。

「こ、これは？」

「エリカ」

「はい」

トウキに促されてエリカが鑑定をしてくれる。

【シルバーまな板】
攻撃力　150　防御力　900　抗菌（完全）　水はけ（特大）　傷付防止（完全）

「なんだこれは…」

「まな板です」

「いや、トウキ。そうではなくてな…。どうしてこうなったんだ」

「昨日は私の実家からまな板の注文が来ていたんです。夫婦で一生懸命作っていました。その過程で間違ってフランクさんから預かっていた銀もまな板にしてしまったんです」

「おいおい。…ま、まあ弁償してくれるならいいさ。このまな板は家で使うよ」

「いえ、そのまな板不良品なんです」

「どうして？」

「抗菌作用が強過ぎてキノコ類を載せるとキノコが消えちゃうんです。野菜も水はけのせいですぐに萎《しな》びてしまいます」

頭がクラクラしてきた。

この夫婦はどうなっているんだ。

こいつらと絡むたびに俺の常識が消え去っていく。

どうしたものかと俺が悩んでいると、一人の騎士団員が駆け込んできた。

「ああ！　フランクさん、ここにいたんですね！」

「どうしたんだ」

「大変です！　街の外れにロックゴーレムが現れました！」

「なんだと！」

俺はまな板を摑むと走り出した。

街の東側には騎士団員が集結していた。

騎士団員の目線の先には巨体を揺らしながら歩くロックゴーレムがいた。

「どうするよ」

「確かロックゴーレムって冒険者ギルドじゃA級指定されてるだろ。なんであんなのがいるんだよ」

騎士団員は軽い混乱に陥っていた。

「落ち着け」

そのとき、フランクの低い声が響く。

「団長！」

「俺が行く」

「し、しかし…」

「俺だって冒険者ギルドからAランク認定をされているんだ」

フランクはまな板を片手に前に進む。

フランクを見つけたロックゴーレムは右腕を振り上げる。

「来い」

まな板を構えつつロックゴーレムを睨み付ける。

ロックゴーレムはフランクと同じくらいの大きさもあるこぶしを振り下ろす。

ゴオォォォン！！！

鈍い音がこだまする。

騎士団員はフランクが潰されたと思って目をつぶっていた。

恐る恐る目を開けると、フランクはまな板でロックゴーレムの一撃を受け止めていた。

それだけではない。

衝撃に耐えきれなかったロックゴーレムの右腕にはヒビが入っていた。

そして、ゴロゴロと音を立てて右手が崩れ落ちる。

グゴォォォ！

咆哮《ほうこう》を上げながらロックゴーレムは左手でフランクを攻撃する。

が、結果は同じであった。

両腕を失ったロックゴーレムは最後のあがきとばかりに、フランクに対して頭突きをする。

だが、それは失策であった。

まな板に受け止められた結果、ロックゴーレムは頭から崩れ落ちる。


ロックゴーレムとの戦闘を終えた俺はまな板を片手に帰宅した。

なかなかやるじゃないか。

明日トウキの奴にはこれでいいと伝えてやろう。

俺は玄関を開ける。

そこにはリセが待っていてくれた。

その日リセは実家に帰ってしまった。

第2章　材料収集編

新婚旅行？

俺とエリカは新婚旅行半分、仕事半分で、ルクレスは里帰りで王都にいた。

エリカは王都に行ったことがないとのことで、到着と同時に連日大はしゃぎであった。

初日にいきなり迷子になって王国軍のお世話になっていた。

今現在、エリカとルクレスは二人で王都を散策している。

俺はというと、王城の書物庫にいた。

聖剣を製作しようにも、そもそも聖剣のことを良く知らなかったので、午前中は王都の図書館と王城の書物庫に通っていた。

これが仕事である。

俺が常に一緒にいられないことをエリカは意外にもすんなり納得してくれていた。

ルクレスは「エリカ殿は良妻の鑑《かがみ》だな！」と感動していたが。

なんだか妙だ。

一週間の研究によってわかったことは、聖剣は大陸の東西南北にある高難易度ダンジョンにあると言われる宝石を利用して作製されたということだ。

なんというテンプレ。

ただ、宝石があったとしてもそれを加工できる腕前の鍛冶師がいないと意味がない。

そのため、今まで王国では何度も聖剣復活計画が立案されたが、頓挫《とんざ》していたようだ。

「そんな中、こんなぶっ飛んだ鍛冶屋がいれば復活させるわなぁ」

俺はつぶやく。

お前が解体しなければそもそも問題にならなかったというツッコミは考えないようにした。

先日はワーガルの街にロックゴーレムが現れた。

聖剣が力を失ったことが理由だろう。

聖剣復活はもはや王国にとって必要不可欠な国策となっていた。

まあ、そんなロックゴーレムはフランクさんがまな板で討伐したが。

俺は調査を終えると、エリカたちに合流すべく書物庫をあとにする。

「おーい、エリ…カ…？」

しばらく街を歩いていると愛《いと》しの妻を見つける。

だが、その姿が問題であった。

「ふぁ、ほうきだ！」

口いっぱいに物を詰め、口の周りには何かのソースが付いている。

さらに右手には串に刺さった焼き物を持っている。

横にいるルクレスにはもはや生気がなくなっていた。

「お、おい。大丈夫かルクレス？」

「うぷ。エ、エリカ殿は食いしん坊なのだな…」

それだけ言うとルクレスはおとなしくなった。

「おい、エリカ」

「ふぁい？」

「とりあえず口の物を呑みこめ」

「ん。でなによ」

「ワーガルに帰るぞ」

「えっ！　なんで！」

「なんでじゃねぇよ！　見ろよルクレスを！　一週間お前に付き従ったせいでこんなにふっくらしてるじゃねぇか！」

ぷにぷにになってしまったルクレスの頬をつつく。

「いやよ！　まだ食べてないお店いっぱいあるのよ！　ルクレスと回るんだから！」

そう言うと、むちむちになったルクレスを抱きしめる。

「新婚旅行の資金はとっくにオーバーしてるんだよ！」

ルクレスよ、これのどこが良妻なのだ。

「いやだぁ！　いやだぁ！　いやだぁ！」

もはやただの駄々っ子である。

その動きに合わせて抱きしめられたルクレスも左右に揺すられる。

みるみるルクレスの顔が青ざめる。

「もう…だめだ…」

英雄でも吐き気には敵わなかったよ。

ある奥様の悩み　その①

新婚旅行を終えた俺たちはワーガルへの馬車に揺られていた。

馬車の中ではおいしそうに屋台で買った物を食べるエリカ以外動く者は居なかった。

俺もルクレスもこみ上げる胃のムカつきに耐えていた。

「エリカ…お前…拷問の才能あるよ…」

「ああ…、王国軍でもこれほどの手練れは見たことがない…」

ルクレスは心の底からそう思っていた。

「ん？　なにが？」

そう言ってエリカがこちらを向く。

「た、頼むから食べ物をこちらに向けないでくれ！　香りだけでうんざりだ！」

嫌がるエリカに、馬車で食べればいいからと説得してなんとか帰還できたのである。

ワーガルの街に着くなり、ルクレスは運動して来ると言って、どっかに行ってしまった。

俺たちが工房へと歩いてると、宿屋の前で掃除をする一人の女性と出会った。

「あ、リセさん！」

エリカが駆け出していく。

「あら、エリカちゃん。こんにちは。トウキ君も」

「はい、こんにちは！」

エリカは元気よく答える。

昔からリセさんは街の少女たちにとってお姉さん的存在であり、エリカもなついている。

「リセさん、今日はどうしたんですか？」

「実家のお手伝いよ」

宿屋のリセといえば、お嫁さんにしたいランキングで常に一位にいた看板娘である。

すらっとしたスレンダーなプロポーションに、宿屋で培った気立てのよさ、王都の学校で学んだ知的さに街の男たちは魅了されてきた。

今でも二児の母とは思えない美貌である。

「めずらしいですね。リセさんがご実家を手伝っているなんて」

俺はなんとなく尋ねる。

「ええ、少しね」

「悩みですか？　よかったら私聞きますよ！」

「そうね。エリカちゃんに聞いてもらいましょうか」

「うんうん。同じ奥様同士、色々わかると思います」

「じゃあ、俺は先に帰ってるね」

そう言ってエリカを残して俺は工房へと戻って行った。

「それで悩みっていうのはなんなんですか？」

私はリセさんに尋ねる。

「あのね。夫の、フランクのことなの」

「フランクさんですか？」

いやな予感がする。

「実はね、あの人の武器のことなのよ」

「は、はい」

冷や汗が出てきた。

「一時期ヤカン振り回してたでしょ？　最初は嫌だったのだけど、彼が生き生きと戦っている姿は王都で出会ったころのあの人に戻ったみたいでとても素敵だったわ」

ちょっとそれはどうなんだろう…。

「そういえば、王都で知り合ったんですよね」

「ええ、私は学生で、あの人は王国軍の兵士だったわ」

「十歳も年上の人と結婚するってなったときは街中大騒ぎでしたもんね。今ではフランクさんと結婚するなら仕方ないって皆さん認めてますけど」

「そうね。ふふふ。ヤカンのおばちゃんって呼ばれるのも結構好きだったわ。なんか二つ名って感じで」

「へ、へぇ…」

この人も大概だなぁ…。

「けど」

「けど？」

「まな板のおばちゃんだけは耐えられないのよ！！！」

そう言いながらリセさんは私の胸を鷲掴みにする。

「いたい！　ちょ、ホント痛いですよリセさん！」

泣きながら抗議する。

「あ、あら、ごめんなさい」

「うぅ…、トウキ以外に穢《けが》された…」

まだジンジンする。

「ホントにごめんなさいね。ただ、ちょっと無性に毟《むし》りたくなったのよ」

なんか恐ろしいことをさらっと言ったぞこの人。

「こほん。確かに最近フランクさんはまな板使ってますもんね」

すみません。それうちの夫のせいなんです。

「ええ、それでなんとかして武器を変えてもらいたくて、今私実家に帰っているんです。まあ、あの人がいないうちにこっそり帰って子どもたちの世話をしているので完全にというわけではないですが」

「ええええええ！！！」

既に冷や汗で服は背中にべったりとくっついている。

ごめんなさい、いやほんとマジでごめんなさい。

リセさんは突然立ち上がる。

「ちょっとついて来てもらえる？」

はい、私でよければ、どこへなりともお連れください。

リセさんは私を騎士団の訓練場に連れて行った。

「あれを見てくれない？」

そう言うとリセさんは一点を指差す。

そこには、頭に鍋を被《かぶ》り、胴にはまな板を括りつけ、手にはヤカンと泡立て器を持ったフランクさんがいた。

「あの人、自分が弱いから私が出て行ったと勘違いしてから、ずっとあの格好なの。さすがの私でもあれは…」

私は静かにその場でリセさんに土下座した。

ある奥様の悩み　その②

「トウキ！　今すぐフランクさんに専用の武器作ってあげて！　それもとびきりすごいやつ！」

帰って来るなりエリカは捲《まく》し立てる。

エリカの様子からはとてつもない緊急性を感じる。

「い、一体どうしたんだよ？」

俺が尋ねるとエリカはリセさんと話した内容を教えてくれた。

「エリカ！　今すぐ金を用意してくれ！　素材を買いに行ってくる！　あと、おやじさんにしばらく作業できないって伝えてくれ！」

「わかったわ！　必ずお父さんは説得するから、トウキもお願いね！」

俺の人生でここまで製作意欲が湧いた作品があるだろうか。

もはや脅迫観念に近い。

既に体中汗だくであるが気にしてはいけない。

俺は一心不乱に作業に取り掛かった。

そりゃ、そうだ。

俺だってエリカが日用品で全身コーデしてデートに誘ってきたらグーで殴る。

ともかく最高のロングソード系の武器を作らないと！


「できた……！」

俺は完成品をエリカに見せる。

「鑑定するわね」

【ミスリルのバスタードソード】
攻撃力　２０００　全ステータス強化（小）　状態異常耐性（特大）
切れ味保持（極大）　速度上昇（大）　重量削減（中）

「す、すごいわ。トウキ！」

「ああ、ランク22の力を惜しげもなく使ったからな。あとはリセさんに命名してもらおう」

「そうね。それがいいわね」

これが聖剣でもよくね？　ってくらいの物を仕上げた俺たちは早速リセさんの待つ宿屋へと向かった。

「うーん、気持ちは嬉しいけど。却下ね」

「なっ！　なんでですか！」

俺は思わず声を出す。

「だって、これ普通の武器でしょ？」

そう言ったあと、リセさんの目が変わった。

あ、これヤバいやつの目だ。

「ヤカンを持った彼を見たときから、私、皆と違う武器を振り回す彼に惚れ直してしまったのよ。やだ、恥ずかしいわ」

そう言うとリセさんは頬を赤らめている。

若干ハアハア言っている。

「だ、だからね！　できれば、彼が自信を取り戻してあの格好をやめる、ま、な、板以外の武器がいい！」

まな板をやけに強調しながら、リセさんが捲し立てる。

隣のエリカをチラッと見ると、その目は憧れのお姉さんを見る目ではなく、変人を見る目であった。


翌日俺は騎士団の訓練場を訪れていた。

エリカについていくるかと聞いたら丁寧に断られた。

「フランクさん、お話があります」

「おお、トウキか。どうした？」

「いえ、最近悩み事はないですか？　例えば奥さんとか」

「ぐ、なぜ知っているのだ」

「エリカから聞きました」

「そ、そうか…」

「そこで、同じ夫として、協力させてください」

「なに！　本当か！」

「ええ。そんな格好しなくてもいい、素敵な武器を持ってきました。きっとリセさんも喜んでくれますよ」

「トウキ、なんとお礼を言えばいいのか。実際この格好は動きにくかったんだ。しかし、本当にリセが喜んでくれるだろうか…」

試作品を見せたとき実際に喜んでいたから大丈夫です。

「これです。エリカの鑑定結果もこの紙に書いています」

「こ、これは！」

「さあ、今すぐリセさんに会いに行ってください」

中年男性にこんなもの渡しているところは誰にも見られたくないので早く。

「この恩は必ず返すからな！」

そう言うとフランクさんは日用品を脱ぎ捨てて走って行った。

翌日、リセさんが工房を訪ねてきた。

興奮気味に今の夫がどれだけ素晴らしいかをエリカに一時間ほど語ったあと、お礼を言って去って行った。

昨日は俺が罰ゲームに遭ったんだからお互い様だと思い、呆然としているエリカは放置した。

今日からリセさんは、『トングのおばちゃん』と呼ばれるようになる。

【ミスリルツイントング】
攻撃力　５００×２　防御力　５００×２　握力強化（極大）　耐久性（極大）

ワーガルの冒険者ギルド

ワーガルに帰ってきた俺は今後をどうするか悩んでいた。

ためしに必要な宝石を市場で探してみたが、全く流通していなかった。

そのため聖剣を作製するにはダンジョンを攻略する必要がある。

とはいえ、俺は戦闘系のスキルを持っていないし、日頃から戦闘をしているわけではないので、いくら強い武器を作ろうとも、単独でのダンジョンの攻略は厳しかった。

そんな折に朗報が舞い込んできた。

ワーガルの街にも冒険者ギルドができるというのだ。

なんでも、最近有名なワーガルの街に是非とも設置させてほしいとギルド側から要請してきたそうだ。

冒険者は各都市の冒険者ギルドに所属して活動することになっている。

それゆえ、拠点としている街から大規模な移動を伴うような依頼を受けてくれる冒険者は少ない。

また、当該ギルドに所属している冒険者では到底解決できない依頼は端《はな》から拒否されたりする。

そうなると全国手配というベラボウに高い費用と報酬を懸けるしかない。

俺自身の収入は安定はしていても、そこまでのお金を出せるほどでもない。

俺がルクレスに頭を下げて、全国手配の費用を出してもらおうと考えていた矢先の出来事であった。

ワーガルの冒険者ギルドに誰が来るかはわからないが、引き受けてくれそうな人がいれば儲けものくらいの気持ちで、ギルドが設置されるのを待つことにした。


『ワーガルの街に冒険者ギルド開設！　ギルド長にはフランク氏が就任！』

ワーガルの街に開設予定であるギルドがいよいよ明日から始動する。

ワーガルの街のギルドに誰が所属することになるのか注目が集まる中、冒険者の街ビスタにあるギルド本部がついに陣容を明らかにした。

初代ギルド長にはワーガルの街の騎士団長でAランク認定を受けているフランク氏が就任すると発表された。

実力と経験を鑑みての起用であるという。

騎士団長は部下に任せて、ギルド長の仕事をメインにするとのことである。

さらに目玉冒険者として、現在もっともSランクに近いとされている『紫電』ことジョゼ氏が所属することとなった。

本人たっての希望であるとのこと。

「よ、よっしゃぁぁぁぁぁぁぁぁぁーーーー！！！！」

俺は新聞の内容を見て狂喜した。

Aクラスの冒険者が二人、それも知り合いが所属するのである。

なんとか聖剣作製の目途が立ちそうであった。

翌日、俺は早速新設されたワーガルの冒険者ギルドへと足を運んだ。

「いらっしゃいませ」

聞いたことのある声がする。

「リ、リセさん！　何しているんですか！」

「ふふ。夫がギルド長になったので、私は受付をしています」

リセさんはそう言うとニコリと笑った。

あの変な性癖さえ知らなければ完璧であった。

いや、原因の一端は俺にあるのだけど……。

「それでどうしましたか？」

「早速依頼をしたいと思いまして」

「なるほど。どういった依頼ですか」

「ピナクル山にあるオレンジサファイアを採ってもらいたいのです」

ピナクル山は王国北部に位置する山で、ワーガルの街から一番近い聖剣の対象ダンジョンである。

「わかりました、少しお待ちくださいね」

そう言うとリセさんは分厚い本を取り出して調べものを始める。

「なんですそれ？」

「これは、ダンジョンの難易度や採取物のレア度、討伐依頼なら対象モンスターの強さなどが記載されているの。これらの組み合わせによって推奨依頼料が算定できるの。依頼者はそれを参考にして依頼料を決めるの」

「なるほど」

そう言うと、リセさんは再びペラペラと本をめくる。

「え、えっと…。トウキ君」

「はい。推奨料金出ましたか？」

「出たのだけど…。まず、オレンジサファイアの採取難易度がS、ピナクル山でオレンジサファイアの存在する場所は山頂なので、Bランクの五人以上のパーティー推奨となっているわ。これだとワーガルのギルドでは、うちの夫とジョゼちゃんのコンビしかないわ。そうなると、推奨料金は五千万Eにもなっちゃうわ…」

「五千万E！」

俺は料金の高さにびっくりする。

とはいえ、向こうも命がけである。

それに全国手配にくらべたらなんのことはない。

「わかりました。五千万Eでお願いします」

「え、ええ。わかったわ。といっても、まだ夫もジョゼちゃんも来てないのよ」

「そうなんですか？」

「夫は騎士団の離任式でね。ジョゼちゃんはワーガルに向けて移動中よ」

「なるほど」

「二人が来たら工房に呼びに行くわ。そこで交渉してちょうだい。そもそも二人が引き受けてくれるかわからないし。まあ、うちの夫は常にトウキ君に感謝しているから、大丈夫だと思うけど。今使ってるトングなんて…つかむ姿がかっこよくて…」

「あ、ああ！　リセさん、ちょっと用事があるので。では、失礼しますね」

リセワールドが展開されそうであったので撤退することにした。


トウキが去ってから二時間が経過したころ、ギルドにフランクがやってきた。

「あら、お帰りなさい。あなた」

「ああ」

「離任式はどうでした？」

「部下が泣きながらなかなか放してくれなくてな。困ったものだよ」

そう言うフランクの顔は誇らしげであった。

ちょうどそのとき、ギルドの扉が開く音がした。

「いらっしゃい」

「は、はい！　え、えと！　ジョゼと言います！　よろしくお願いします！」

緊張からか大声で挨拶をする。

「ええ、こちらこそよろしくお願いしますね。私は受付のリセです」

「俺はギルド長のフランクだ、よろしく」

ジョゼはフランクを見る。

そして開口一番。

「ヤカンのおじさんだ！！」


二時間ほどしてリセさんが工房に呼びに来てくれた。

俺はさっそく依頼の説明をする。

「ふむ。トウキはすごい鍛冶師だとは思っていたが、聖剣の作製を任されていたのか」

「私のレイピアよりも強い武器を製作しようとしているなんて……」

「い、いやー。そうかなあ」

二人の純粋にすごい人を見る視線が心に突き刺さる。

そんな目で見ないで！

「お世話になったトウキのためだ。もちろん行かせてもらおう」

「わ、私も当然行きます」

二人は予想通り快諾してくれた。

「ありがとうございます！」

俺は頭を下げる。

「今の話聞かせてもらったぞ！」

突然女性の声がギルドに響き渡る。

「水臭いではないかトウキ殿！　私も行くぞ！」

声の方を見ると、ギルドの窓の外にルクレスがいた。

そしてそのままギルドの窓からルクレスが入ってきた。

おい、王族がそんなことしていいのか。

「今の話聞かせてもらったぞ！」

「いや、それはもう聞いたよ」

「うむそうか。なに、私には報酬はいらない」

ルクレスは一人で話を進める。

「えっと、この人は……？」

ジョゼが聞いてくる。

「ああ、聖剣作製のために王国政府から派遣されてる役人のルクレスだよ」

「ルクレスだ。そなたが高名なジョゼ殿か」

そう言うとルクレスは手を差し出す。

「は、はい！」

二人は握手を交わす。

ルクレスから自然と溢れるオーラに当てられたのか、ジョゼは緊張しているようであった。

「え、えっと。ルクレスちゃんは外部協力者ということでいいのかしら？」

リセさんが話を収拾しに来る。

「そういうことだ。リセ殿、よろしくお願いする」

「ちょっと待ってくれ」

フランクさんが止める。

「俺はルクレスの力量を知らない。正直この依頼はかなりの高難易度だ。ルクレスの力量を知りたい」

「ふむ。フランク殿の言うこともっともである」

「そこで、俺と一戦交えてもらえないか？」

「そうだな。それがいいだろう」

そう言うと示し合わせたかのように二人は外へと出て行った。

トングVSカタナ

外に出た二人を追って、俺たちも外に出る。

そこには両手にトングを持ったフランクさんと、雷虎を構えるルクレスがいた。

「トウキ殿合図を願う」

いつになく真剣な表情のルクレスが頼んでくる。

「それじゃあ」

俺は一呼吸入れると合図を出した。

「はじめ！！！」

俺の声に素早く反応したルクレスが飛び出す。

俺には動き出ししか見えなかった。

次の瞬間には、「ガキンン！！！」という金属音がして、フランクさんがトングで雷虎を掴んでいた。

自分で作っておいてなんだが、不思議な光景だ。

さっきから横で一人、ハアハア言ってクネクネしてる人には触れないでおこう。

チラッとジョゼを見ると、驚いた顔をしていた。

そういえば、ジョゼは俺がまともな武器を作ったところしか知らないんだった。

「ヤカンじゃ…ない…!?」

そこに驚いてたんかい！

俺の目の前では次々に戦闘が繰り広げられる。

ただ、ほとんど目で追えなかったので、ジョゼに実況してもらうことにした。

「あ、今トングで摑もうと突き出したけど避けられましたよ」

「次は雷虎の袈裟《けさ》切《ぎ》りをトングではじきました」

「ああ！　フランクさんが雷虎をへし折ろうとしてます！」

「おお！　鞘で殴って脱出しました！」

それを聞いたとき、横で「あの女…」と聞こえたが、そちらを振り返る勇気はなかった。

結局そのあとも決め手を欠いて、引き分けとなった。

「ルクレス。実力を疑って悪かった」

「そちらこそ、さすがワーガルの騎士団長を務めていただけある。素晴らしいトング使いであった」

二人は認め合って、熱い握手を交わす。

ジョゼは感動で泣いていた。

決闘が終わった二人は俺のところにやって来る。

「どうしたんです？」

「その…すまないのだが…」

そう言うとフランクさんはボロボロになったトングを差し出してくる。

「私もなのだトウキ殿…」

ルクレスも刃がボロボロになった雷虎を差し出す。

「「修理するか、新しい武器をお願いします！」」

二人は仲良く頭を下げた。

結局ワーガルギルドｗｉｔｈ英雄が出陣したのは、十二日後であった。

素材を取り寄せて、作製するのに時間が掛かった。

さすがに彼らの使うレベルの武器となるとそこそこの時間が掛かってしまう。

この際、雷虎は強化しておいた。

俺は雷虎作製時からさらにランクを上げ、今では22になっていた。

フランクさんについてはリセさんの熱い希望でトングのままにした。

「では、行ってくるぞトウキ殿」

「ああ、よろしく頼むよ。ジョゼとフランクさんも気を付けて」

「はい！」

「ああ、わかった」

三人はピナクル山に向けて旅立った。

俺には見送ることしかできない。

【名刀・雷虎改】
攻撃力　1800　　雷属性　　速度上昇（特大）
状態異常耐性（完全）　切れ味保持（特大）　重量削減（大）

多分王国で最強のパーティーじゃないかな

ピナクル山はさほど高い山ではない。

ただ、北部ということもあって非常に寒いこと、傾斜が急であること、そしてスノージャイアントという毛皮に覆われた巨人のモンスターの群生地であることから、高難易度のダンジョンと言われている。

「さ、寒いですね」

先ほどから始まった吹雪に対して、ジョゼが気を紛らわせようと話しかける。

「確かにこれは少し厳しいな」

ルクレスは鼻水を凍らせながら答える。

「地図によると、もう少し行ったら洞窟があるはずだ。そこで少し休憩しよう」

フランクが進むべき方向を指差しながら二人に話しかける。

洞窟に入った三人は、持っていた装備品を使って、火を熾《おこ》して暖をとった。

「ふう。あったかい」

「そうだな」

そう言いながら、解けた鼻水を拭う。

「吹雪が終わるか弱くなるまでここで休むとしよう」

フランクの提案に反応するように「グルル」という低い声が響く。

「はは、ルクレスは面白い返事をするなあ」

「フランク殿、私はあんなに低い声は出ないのだが。そもそもなぜいきなり私を疑うのだ。なあ」

「グルルル！」

無視するなとばかりにさらに声が響く。

「あ、あの…。二人とも、声は洞窟の奥から聞こえると思うのですが…」

ジョゼが真面目に答える。

それと同時に、洞窟の奥から何かが突進してくる音がする。

「グルルルゥゥゥ！！！」

どう見てもスノージャイアントにしか見えない巨体が足音を鳴らしながら叫び声と共に突っ込んでくる。

「お前かぁぁぁぁ！！！」

ルクレスが一閃《いっせん》する。

よっぽどフランクにからかわれたのに腹が立ったのだろう。

綺麗にスノージャイアントは上半身と下半身に分かれて、光となって消えた。

「グルル…！」

奥からはさらに複数の声が聞こえる。

「待っておるがいい」

そう言うとルクレスは洞窟の奥へと突き進んでいった。

数分後、返り血まみれのルクレスが帰ってきた。

ジョゼはルクレスだけは怒らせないようにしようと心の底から誓った。

洞窟には平穏が戻っていた。

「そういえばジョゼ殿」

「は、はい！　なんでございましょう！」

「声を掛けただけでなぜそこまで震えているのだ…。まあよい。なぜジョゼ殿のような若い女性が冒険者などしているのだ？」

「ふむ。それは俺も気になっていたところだ」

「あの、えっと。私の家は代々役人をしているんです。けど私は役人になれるほど頭がよくなくて。ただ、小さいころから近所の人に教えてもらっていた剣だけは得意でしたので。これは、私を不憫《ふびん》に思った父が持たせてくれた水晶でできているんです」

「なるほど」

「まさかこんなとんでもないレイピアになるとは思いませんでしたけどね」

「それは確かにな、私もこんな剣を手に入れられるとは思わなかったよ」

二人はそう言うと笑い合う。

「俺もだ。まさか俺に日用品のセンスがあるなんて。トウキのおかげだ」

フランクがそう言うと、二人は「ちょっと一緒にされたくないですね」とばかりに目線を逸らす。

三人は洞窟から出ると、山頂を目指して歩いて行く。

途中スノージャイアントの群れと遭遇したが、すべて素材の毛皮になっていた。

そしてついに山頂付近に到達した。

「これどうしますか？」

ジョゼが目の前のリセ…もとい絶壁を指差して言う。

ピナクル山の山頂は垂直に切り立っており、並みの人間と装備では到底登ることはできない。

だが、この男は違った。

「俺に任せろ。俺はこの手のものは得意だ」

ルクレスは先ほどの仕返しに、「どういう意味で得意なのだ？」と聞こうとしたが、王族としての羞恥心からやめた。

もっと羞恥心を働かせるところがあるような気がするが。

フランクはトングを取り出すと、岩壁の凹凸を利用して、あるときは出っ張りを摑み、あるときはへこみにトングを刺し、すいすいと登っていった。

「あれ人間なんですか？」

「ああ、フランク殿は間違いなく人間だ。それよりもあれはホントにトングなのか？」

「すいません。それは私にも自信がないです」

女性陣が混乱していると、フランクは何かを投下する。

それは見事なオレンジサファイアであった。

「よし。さすがだフランク殿」

「これで帰れますね。うう、早くお風呂であったまりたい」

「いやまだ、もう一仕事残っているようだ」

地上に下りてきたフランクが鋭く反応する。

三人の目の前には、ダーク・ラットと呼ばれるモンスターが今にも飛び掛からんとしていた。

「な、なんでS級モンスターがこんなところに！」

ジョゼが焦りをあらわにしつつ叫ぶ。

ダーク・ラットは魔王が居た時代の能力を色濃く残すモンスターであり、体からは黒い霧のようなオーラを湧き立たせている。

ダーク・ラットに噛まれると全身に黒い斑点が浮かび上がり、悪夢にうなされながら死を迎えると言われている。

ダーク・ラットは、得物を逃しはしないとばかりに飛び掛かってくる。

三人はダーク・ラットを難なくかわす。

「やるしかなさそうだな」

さすが英雄である。

覚悟を素早く決めると雷虎を構える。

「そのようだな」

続けざまにトングを構える。

遅れて透き通るような刀身のレイピアを構える。

「わ、わかりました」

「俺が動きを止める。二人でとどめを刺してくれ」

そう言うと、フランクはダーク・ラットに突っ込んでいく。

ダーク・ラットはフランクに標的を合わせると、すばやく噛み付きにかかる。

だが、フランクは両手のトングで口をがっちりと掴むと、口を無理やり閉じさせる。

「今だ！」

フランクの掛け声に素早く反応するとルクレスは飛び上がり雷虎を切り下ろす。

ジョゼはレイピアを構えて渾身の一突きをすべく突撃する。

「ギギィィィィ――――！！！」

甲高い断末魔を上げるとダーク・ラットは光となって消えた。


三人は無事にギルドへと帰還すると、俺に報告した。

「おお！　これがオレンジサファイアか！」

俺はおもちゃを手に入れた子供のように喜んだ。

聖剣うんぬんの前に、鍛冶師として素材に興奮していた。

「あんたねぇ、また好奇心で溶かすんじゃないわよ」

一緒に来ていたエリカが突っ込んでくる。

「わかってるよ。さすがにしないよ」

「ふう。トウキの役に立ててよかったよ」

「いえ、フランクさん、ありがとうございます」

俺は頭を下げた。

「なに、俺たちは報酬を貰って働いたんだ。そこまで感謝しなくていい」

それを聞いたエリカが反応する。

「あ、そういえば報酬ですよね。はい、ジョゼ」

そう言ってジョゼに二千五百万Eを渡す。

「あ、ありがとうございます。うわぁ、何に使おう…」

「それからフランクさんにはこれ」

エリカが渡したのは三千万Eの請求書であった。

「こ、これは…」

「えっと、ミスリルツイントングの実費五千五百万Eから二千五百万Eを引いたものです」

「なっ！」

「前回のはサービスというか、罪滅ぼしというか…。さすがに今回はいただかないと私たち夫婦にも生活がありますから」

こういうときエリカはたくましい。

俺はやめておこうと言ったのだが、きっちり雷虎の分も王都に請求書を送っていた。

「ぶ、分割でお願いする」

フランクさんの後ろにいたリセさんから黒いオーラが出ている気がした。

男だって虫が嫌い

幸先よく宝石の一つであるオレンジサファイアを手に入れることができた。

俺は次の攻略目標をどうしようかと考えていた。

地理的に近いのは東の修羅の塔であったが、修羅の塔はユーグレア帝国領であった。

王国と帝国はしばしば国境での紛争をしており、とてもじゃないが今すぐ探索に行けるような雰囲気ではなかった。

さらに、西のシャイアの街に至っては、伝承上その存在があるとされている程度であって、正確な場所が不明の遺跡であった。

結局消去法で次は一番遠い南のムンブルグ・ジャングルにあるブラッドルビーを手に入れることにした。

「こんにちは」

「あら、トウキ君こんにちは」

すっかりギルドの受付が板についたリセさんに次の目的地を伝える。

「うーん、ちょっと遠いわね。南部の街のギルドに頼むか、全国手配した方がいいかもしれないわ。

最近は夫もジョゼちゃんも引っ張りだこだから」

「そうですか…。では、南部のギルドに問い合わせてもらえますか？」

「ええ、わかったわ」

数日後、リセさんからの回答は全ギルド拒否であった。

そんな高難易度依頼をこなせる者は所属していない、あるいは手が空いていないというのが理由である。

「全国手配しかないですかねぇ」

「そうねぇ。ただ、全国手配を掛けても、手を上げる冒険者がいるかはわからないわ」

「うーん」

そのとき、ここ数日色々な依頼で留守がちだったジョゼが帰ってきた。

「どうしましたトウキさん。何か悩みですか？」

「ああ、ジョゼ。久しぶり。実は、次の宝石の採取を受けてくれる冒険者を探していて」

「なんだ。そんなことなら私が行きますよ」

「ほんとうか!?」

「そうね。あなたなら大丈夫だと思うわ」

リセさんが太鼓判を押す。

「それで目的地はどこですか？」

「ムンブルグ・ジャングルだよ」

それを聞いた途端、ジョゼは固まってしまった。

「ト、トウキさん。ごめんなさい。そういえば他に依頼があったんです」

「あら、ジョゼちゃんに依頼なんてありませんよ？」

リセさんが素早く逃げ道を潰しに来る。

「そ、そうですか。勘違いですか」

「なにか都合が悪いの？」

俺はなんだか焦っているジョゼに尋ねる。

「い、いや！　大丈夫です！　よし、トウキさんも一緒に行きましょう！」

「えっ、なんで。フランクさんを連れて行けばいいじゃない」

「ごめんなさい、トウキ君。うちの人は依頼が詰まっているのよ」

「そうなんですか。では、ジョゼ一人でお願いするしかないですね」

運の悪いことに、ルクレスは緊急招集がかかったとかで、一旦王都に帰っていた。

「ぐっ…」


「トウキ、今日の晩ご飯はどう？　新メニューなんだけど？」

「うん、うまい！　これいけるな！」

そんな仲睦まじい夫婦の会話をしていると、工房の扉を叩く音が聞こえた。

「すいません。もう工房は閉めているんです。明日にしてもらえませんか」

俺は扉を叩く人物に向かって話しかける。

「トウキさん、私です。ジョゼです」

「ジョゼ？　どうしたんだ？」

俺は工房の扉を開ける。

「実は、頼みたいことがあって…」


「「はい!?　虫が嫌い!?」」

俺とエリカはジョゼが語りだした内容に驚愕する。

「恥ずかしながら、子供の頃から虫はダメなんです」

Sランクに一番近い（最近はフランクさんが猛追しているそうだが）『紫電』は小さくなっていた。

「いやいやいや！　だってフランクさんと一緒に前にストーンスパイダーを討伐してたじゃないの!?」

「あれはモンスターじゃないですか！」

「な、なんじゃそりゃ！」

どうも、虫型のモンスターは討伐対象として勇敢に戦えるが、普通の虫はダメとのことであった。

「なるほど。それで俺について来てほしかったんだね」

「そうです…」

沈黙が流れる。

「…すいません。俺も虫、無理なんです」

「え!?」

俺とジョゼは熱い握手を交わした。

女だって舐めちゃだめ

数日後、ムンブルグ・ジャングルの入り口には二人の女性と一人の男が立っていた。

「こんな暑い中、あんたたち、よくそんな格好できるわね」

二人は全身を覆う甲冑《かっちゅう》に身を包んでいる。

ジャングルにはあまりにも場違いな格好である。

「はぁ。情けないわねぇ…」

「すいません」

俺はエリカに謝る。

結局あの日、散々ごねる俺とジョゼにエリカがキレて、「だったら私が行くわよ！」と宣言した。

さすがにエリカを一人で行かせるわけにも行かないので、俺とジョゼも行くことにした。

そして、虫対策として全身を覆う甲冑を俺は作った。

エリカにもいるかと聞いたが露骨に嫌な顔をされた。

「もっとかわいい鎧にして」

それだけ言ってエリカは寝てしまった。

今の装備は、俺が甲冑と相棒の泡立て器、ジョゼが甲冑とレイピア、エリカがビキニアーマーにショートソードそれに指輪だ。

エリカはジャングルでの取り回しの良さを考えて、ショートソードにしている。

俺は剣なんて扱える自信がなかったので、実績のある相棒にした。

出発前、エリカのビキニアーマー姿を披露したとき、リセさんが呪詛《じゅそ》のようなものを口走っていたが気のせいということにした。

「ねえ、暑いんだから離れてよ」

エリカを先頭に、俺はエリカの右腕を掴み、ジョゼはエリカの左腕を掴んで探索をしている。

「ジョゼ。エリカが離れろってよ」

「なっ！　トウキさん！　私を見捨てるつもりですか！」

「いや、二人とも離れてって言ってるのよ」

俺たちはジャングルに入ってもう何回目になるのかわからない会話をしていた。

ぶぅ〜ん
「うぎゃぁぁぁぁぁ！！！」

虫の羽音がするとジョゼは狂ったように腕を振り回す。

さすがに俺でもそこまではしないぞ…。

この人どんだけだよ…。

結局一日目はほとんど進めなかった。

さらに、悪循環だったのは、野宿の際ほとんど眠れなかったのである。

虫嫌い勢が。

おかげで日を追うごとに効率は低下し、ブラッドルビーが手に入る場所まで到着したのは当初の予定より大幅にあとであった。

「トウキ」

「はい」

「工房に帰ったら話があるわ」

「はい。覚悟はできてます」

「そう。殊勝ね」

「いえ。エリカ様のおかげでここまで来られました」

「よくわかってるじゃない」

「はい」

夫婦の立場が完全に決定された瞬間であった。

ちなみにジョゼはここ二日ほどほとんど口を開いていない。

不幸中の幸いは、エリカの装備している指輪が聖剣を基にしているせいか、モンスターに出会うことがなかったことである。

小規模な範囲でモンスター抑制効果が生きているようであった。

こんな状態で戦闘をしたら、大変なことになる。

「あ、トウキ！　あれ見て！」

エリカが指差す先には、隆起した地層で綺麗な輝きを放つブラッドルビーがあった。

「おお！　やっとか！」

「やっとか！　じゃないわよ。はあ、これで家に帰れるわ」

そう言うと、エリカはブラッドルビーを採りに行こうとする。

「エリカさん！　危ない！」

ジョゼが突然叫ぶ。

その声にエリカが反応して後ろに転ぶようにして退避する。

クケケケケケ!!

気色の悪い音と共に現れたのは、ラビッシュビートルと呼ばれる大型の虫型モンスターである。

このジャングルの主と恐れられるモンスターである。

おそらく、エリカの指輪ではここまで強力なモンスターには効果がないのであろう。

ジョゼは、先頭に立ってレイピアを構えている。

ほんとモンスターと認識していると大丈夫なんだな。

その後ろで、エリカがショートソードを構え、俺が泡立て器を構える。

いやだって、虫も嫌いだし、大型のモンスターなんか戦ったことないし。

……ダメ夫ですみません。

「いきます！」

ジョゼがレイピアを一突きすべく勢いよく飛び出す。

甲冑さえなければ、赤紫の髪がなびいているであろう姿はまさに『紫電』であった。

ぷぅ〜ん、ぴと
そのとき一匹の蜂がジョゼの兜《かぶと》に止まる。

それと同時に『紫電』の動きも止まった。

「なんでこんな大事なときに気を失ってるのよ！！！」

そう叫ぶと、エリカは固まったジョゼを突き飛ばして突撃していく。

「役に立たない奴ばっかりね！！！」

エリカが怒りを込めて一撃を放つ。

とても綺麗な一撃であった。

ラビッシュビートルは頭部を深々と切り付けられたことにより、あっけなく撃沈する。

「トウキ、お茶」

「はい。お待ちください」

ワーガルの街に帰ってきた俺はエリカにこき使われていた。

いや、俺はまだよかった。

ジョゼは、今回の情けない結果によって報酬を出さないことをエリカが宣言。

今はリセさんに頼んで虫ＮＧとして依頼をさせてもらっているらしい。

そのせいか、Sランクが遠のいたそう。

「トウキ、遅いわよ」

「す、すみません！」

「あと、お菓子も」

「わかりました！」

受難はしばらく続くなと俺が思っていた矢先、工房に一人の訪問者が現れた。

「トウキ殿！　やったぞ！　修羅の塔への目途がたった！」

血なまぐさい臭いをさせた姫様がそこには立っていた。

ただのアホの子じゃなかったんですね

俺たちが…もといエリカがジャングルで激戦？　を繰り広げていたころ、王国と帝国の国境地帯では大変なことが起こっていた。

俺たちがジャングルに入ってからすぐ、帝国が王国に対して大規模な攻勢に出てきたのだ。

ルクレスの緊急招集はこのためであった。

帝国軍の猛攻の前に通常装備の王国軍の前線は突破され、いくつもの街が占拠されたそうだ。

…だが、ここは王国であった。

帝国軍の悲運はここからである。

占領した地域では住民が蜂起、手に各々日用品を持って立ち向かっていった。

最初は単なる反乱と高を括っていた帝国軍であったが、次々と敗北の報告が寄せられ、帝国軍は大混乱に陥っていた。

なぜなら、単なる敗北報告ではなく、「フライパンを持った主婦にやられた！」「ヤカンを二つ振り回すおっさんが大量にいる！」「こちらの弓矢がすべてまな板に防がれている！」といった意味不明な敗因であったからだ。

さらなる不運が帝国軍を襲う。

従前より、青髪の英雄として帝国軍内で恐れられていたルクレスが、パワーアップして帰ってきたのだ。

「ふむ。ざっと八千というところか」

ルクレスは眼前に布陣する帝国軍主力の一角を一瞥《いちべつ》する。

「ルクレス様、どうしますか？」

近衛兵が尋ねる。

「不要な死人を出す必要もないだろう。単騎で行く」

「はい？　さ、さすがにルクレス様でも単騎は…」

「なに。私はみなと違って魔法も使える。回復しながら戦えば大丈夫だ」

近衛兵は理解を超えた戦い方を自信満々に語るルクレスに対して、「ああ、昔からどこか抜けてらっしゃったが、ここまでとは…」と思っていた。

「では、参る」

「ル、ルクレス様！」

近衛兵が止めるよりも早く、ルクレスは一人敵陣へ突撃していった。

「それで私は、次から次に敵を千切っては投げ、千切っては投げしてだな……。トウキ殿、エリカ殿、どうしたのだ？」

自慢げに語るルクレスは視線を二人に移す。

トウキとエリカは肩を寄せ合って震えている。

「えっと、ルクレスはそれで八千人をどうしたの？」

「よく聞いてくれたエリカ殿！　そのあと援軍に来た六千人と一緒にあの世に送ってやったわ。はははは！」

保身に定評のあるトウキ・エリカ夫婦の行動は素早かった。

「『数々のご無礼お許しください！』」

あのルクレスが一万四千人の敵兵を屠《ほふ》り、未だ血なまぐさい臭いをさせているのだから、二人の行動は当然である。

「な、なぜ二人して私に頭を下げているのだ！　あ、頭を上げてくれ！」

なんとか二人の顔を上げさせる。

「け、けど、ルクレス様のそんな活躍は新聞には載っておりませんでしたよ」

トウキはルクレスの肩を揉みながら尋ねる。

「むう。なぜルクレス様などと呼ぶのだ。それは、私が新聞社にやめてくれと言っているからな。有名になっても動きにくくなるだけだ」

「よく新聞社の人も聞いてくれますね。権力に嚙み付くのが仕事なのに」

エリカがルクレスに紅茶とケーキを出しながら聞く。

ケーキを差し出す手が震えている。

「おお！　ケーキだ！　どうしたのだエリカ殿！」

「い、いえ！　活躍なさったルクレス様に報いているだけでございます！」

「むむ。若干腑に落ちないが…。いやなに、ここに来る前に王都の新聞社本社に行ってな。お願いしたら快く受け入れてくれたぞ」

ルクレスはケーキを頬張りながら、嬉しそうに言う。

いや、今の状態なら誰だって言うこと聞くよと思う鍛冶屋の新婚夫婦であった。

事情聴取

今はエリカがルクレスを風呂に押し込んでいる。

「いつも通りでいいと言ってから扱いがひどくないか。なあ、エリカ殿」とルクレスは抗議していたが、いつまでもあの臭いでいるわけにもいかないだろう。

ルクレスは風呂から出てくると「ああ、忘れるところだった」と言って、俺に対して一つの封書を差し出した。

封書にはよい思い出がない。

「これは?」

「父上、国王からの呼び出しだな」

「お願いします！　私には愛する妻がいるんです！　殺さないで！」

「この人、ときどき屑《くず》ですけど、悪い人じゃないんです！　どうかご助命を！」

「なぜ父上がトウキ殿を殺さねばならんのだ！」

「じゃあ、他になんの理由が！」

「トウキ殿は人の父親をなんだと思っているのだ！　ふう…、今回の国境で起こったことについてだ。帝国軍を退けた民衆が持っていた日用品には全部、エリカ殿の店の印がしてあったからな」

「ああ、なんだ。それか」

「それかとはなんだ？　トウキ殿なにか他に隠していることがあるのか？」

「ないですよ」

すでにパンツの中は大洪水であった。


俺たちは王都に向かう馬車の中にいた。

「そういえばルクレス、修羅の塔への目途がどうとか言っていたよね」

俺はすっかり聞き忘れていたことを聞いた。

「ああ、帝国軍の混乱に乗じてな。近衛と私で修羅の塔周辺を占領したんだ。これで探索に行けるぞ」

「なるほど。それで目途がね」

「ねえトウキ」

「ん？　どうした？」

「今回はどこに食べに行こっか！」

エリカは満面の笑みで首を傾げながら、楽しそうに話しかけてくる。

俺とルクレスは体の震えを抑えるので必死だった。

王都に着くと俺とルクレスは王城へ。

エリカは屋台街へ行った。

食べても太らない体質にルクレスが少々嫉妬していた。

王城に到着すると、早速国王の下へと連れて行かれた。

前回と違い、会議室のような部屋に通された。

「トウキよ、久しぶりだな」

「はい。聖剣作製を任されておりながら、ご無沙汰しており申し訳ございません」

「よいよい。実はな、既にルクレスから聞いていると思うが、そなたの作製した日用品について聞きたいのだ」

俺は隠していてもいいことはないだろうと、すべてを話した。

「なるほど。異常な鍛冶の腕で作製した日用品がとんでもない能力を付与されるにとどまらず、基本ステータスも上昇してしまったということか」

「おっしゃる通りにございます」

「そのおかげで我が国は助かったわけだが。これはどうしたものか」

国王はしばらく「うーん」と悩んだあと、提案してくる。

「ではこうしよう。すでに作ってしまったワーガル以外の地方軍に対して武器を供給することを禁止する。地方軍が王国軍より強いのは問題だからな」

「はい」

「次に、王国軍の装備を作ってもらいたい。というのも現状では地方軍が日用品で装備を固めてきたら厄介であるからな。そなたの話では武器として作ったものが日用品に劣ることはないのだな？」

「はい。（一人を除いて）ありません」

「そなたの危惧していた大戦争にはならんだろう。我が国は基本的に帝国に侵攻はしていない。戦争は金が掛かってしかたないからのう。修羅の塔の占領は例外じゃ」

「承知しました」

「それと、国内にも新しく法を作るとしよう。戦争を起こした貴族は双方へ王国軍を差し向けるという法をな」

「ありがとうございます」

はあ…。

なんのことはない、今まで心配していたことが一気に解決したのだ。

こんなことならルクレスを通じてもっと早く相談しておけばよかった。

「ではトウキ。さっそく作製に取り掛かってもらおうか。ホルストをここへ」

国王がそう言うと、部屋に金髪の青年が入ってきた。

「ホルストだ。今後はこの者を頼るといい」

「ホルスト・シュミットだ。よろしく」

それだけ言ってホルストは少しだけ頭を下げた。

「つまり、ここで製作せよということでございますか？」

俺は国王に尋ねる。

「そうじゃ。そなたを信頼しないわけではないが、王国軍の装備を作る前に、別に武器を作製されても困るのでな。とりあえず、近衛兵の装備を作るまではここにいてもらう。それ以降はワーガルで順次王国軍の武器を作製してもらって構わん」

「承知いたしました」

俺はホルストとルクレスに連れられて部屋をあとにした。

宮廷鍛冶師

ホルストを先頭に俺とルクレスは歩いている。

「はあ。ビビったぞ」

「だから言ったであろう。父上がトウキ殿を殺すはずがないと」

そう言うとルクレスは微笑んだ。

「おい。トウキとやら」

「なんですか？」

「貴様、姫様になんという狼藉《ろうぜき》を働いているのだ！」

「す、すいません！」

「ま、待て！　トウキ殿には私が許しているのだ！」

慌ててルクレスが止めに入る。

「姫様がそうおっしゃるなら」

マジ怖かった。

なんなんだこいつは。

ホルストは再び歩き出す。

俺はルクレスに小声で尋ねる。

「なあ、こいつ何者なんだ？」

「ホルスト殿は筆頭宮廷鍛冶師なのだ。少々トウキ殿にライバル心を持っているのかもしれん。悪い奴ではないのだ」

「なるほど。わかったよ」

「ここだ」

しばらく歩くとホルストは一つの部屋の扉を開ける。

そこでは多くの鍛冶師が働いていた。

「ここが宮廷鍛冶師の仕事場だ。不本意ながら近衛兵の装備に関しては今日からはお前の指示で動くことになる。だがな、装備以外で口を出したら許さんぞ」

「は、はい！」

俺はあまりの剣幕に反応してしまう。

「姫様、このような場所に居ては危険ですし汚れてしまいます。お戻りください」

「いや、大丈夫だ。普段もトウキ殿の工房に居るからな」

ああ、そういえばルクレスは空気を読むのが苦手なんだった。

ホルストの奴、青筋まみれじゃねぇか。

もう『俺の姫様に何してくれとんねん』って顔じゃないですか。

「トウキよ」

「な、なんでしょうか…」

「私と鍛冶の腕で決闘をしてもらおう」

「はい？」

「私の方が腕がよいとなれば、私が聖剣の作製担当になれる」

「そうすればルクレスと一緒にいられると？」

「その通り…ち、違うわ！　なんと破廉恥な！　と、ともかくお互い貴族なのだ！　受けてもらうぞ！」

「ええ…。王国軍の装備作る必要があるんだけど…」

「並行して作製すればよかろう！　お前ならそれくらいできるのだろ？」

「うぐ」

「では、期間は二か月後だ。お題は姫様の装備ならなんでもよい！」

それだけ言ってホルストは去って行った。

「トウキ殿。その、なんだかすまぬ。私にできることがあれば手伝おう」

「いや、それはいいんだけど…。ルクレスとしてはどうなの？」

「どうとは？」

「いや、ホルストのこと」

「悪い奴ではないと言っただろ？」

ああ、ホルスト。これはダメだわ。

「あ。あと、エリカの相手頼んだわ」

そう言うと俺は作業に取り掛かった。

ルクレスは絶望に打ち震えていた。

それからの二か月は人生でも一番大変だったかもしれない。

宮廷鍛冶師の人たちをこき使って作業時間が短縮できてはいたが、近衛兵の装備となるとなかなか終わらない。

おかしいなぁ、こんなことにならないために日用品を作ってたのに。

…日用品作ってたからこうなったのか。

ともかく、こいつさえ終わらせてしまえばなんとかなる。

結局、近衛兵の装備と決闘用のルクレスの装備を完成させたのはギリギリであった。

今思えば期間を切られたのは決闘だけだったような…。

「トウキよ。ちゃんと装備は作ってきたか」

ホルストが自慢げに話しかけてくる。

「なんとかな」

俺は目の下に大きなくまを作っていた。

あとは、ルクレスが来るだけなのだが、まだ来ていなかった。

「姫様はなにかと忙しいのだ。お待ちするのが臣下としての務め」

ホルストは胸を張って宣言する。

「おーい、トウキ殿！」

後ろからルクレスに似た声がする。

似た声というのも、俺の記憶にあるルクレスの声より幾分低かったのだ。

「おお、ルクレス。やっと来た…の…か…」

振り向いた俺が見たのは、美しい青髪にパツパツになった服、ドシンと聞こえてきそうなたくましい足をしたルクレスのようなものだった。

「トウキ殿、遅くなってすまない。ふうー」

「ルクレスだよな？」

「もちろんだ」

おうさまー！　おたくの娘さんソースくさいよー！

「さっきまでエリカ殿に付き合っていてな。ひゅー」

「そうか。ルクレス、お前は間違いなく英雄だよ」

俺はルクレスの肩をポンと叩いてやる。

「おお！　よくわからないが、トウキ殿が珍しく褒めてくれたぞ！」

「ええい！　私を無視するな！」

「ホルスト殿、すまぬ」

「い、いえ！　姫様が頭を下げるようなことではありません！」

「そうか。ところで、勝敗の基準はどうする」

「姫様が良いと思われた方が勝者でよいでしょう」

「うむ。では、早速始める」

ルクレスの号令で俺とホルストは自分の作品の側へと移動する。

「まず、ホルスト殿から」

「はい。こちらでございます」

ホルストは被せてあった布を取る。

そこにはリング部分が金色に輝く、ダイヤのついた指輪があった。

ホルストよ。さすがに指輪はどうかと思うんだが…。

「さ、さあ！　姫様！　試着を！」

ホルストは興奮している。

「まずは鑑定だ」

ルクレスが鑑定する。

【ゴールデン・ダイヤモンドリング】
防御力　120　全ステータス強化（小）　状態異常耐性（中）　速度上昇（小）

ギャラリーの宮廷鍛冶師からも感嘆の声が上がる。

指輪は基本的に防御力よりも、能力付与のための装備だ。

それで防御力１２０はすごい。

「どうだトウキ。では、姫様、お手を」

そう言うと、ホルストはルクレスの手を取り指輪をはめようとする。

「ん？　あれ？」

そりゃそうだろ。

この二か月で姫様は成長なさったのだから。

「だ、だめだ…。入らない…。も、申しわけありません姫様。少し設計を間違ってしまったようです」

姫様のせいにしない臣下の鑑。

「それは残念だ。綺麗な指輪だっただけに。次、トウキ殿」

俺は布を取る。

「こ、これは！」

そう驚きながら、ホルストが両目をこれでもかというくらい見開いている。

「ビキニアーマーです」

「トウキ！　貴様、なんと素晴ら…なんと破廉恥な！　恥を知れ恥を！」

ホルスト、自分に正直になれよ。

「では、鑑定する」

【ルクレス専用ビキニアーマー】
防御力　1200　　状態異常耐性（大）　　自動回復（大）　　重量削減（極大）

「なんじゃこれは！！！」

ホルストの叫び声が鍛冶場に響き渡る。

「トウキ殿、その、これ試着しなきゃだめか？」

ルクレスが尋ねてくる。

「いえ、しなくていいですよ」

さすがにかわいそうなので、「試着できないですよ」とは言わなかった。

「そ、そうか。よかった。しかし、どうやって勝敗を決めればよいのだ。スペックはトウキ殿だが、装備したいのはホルスト殿だし…」

「ホルスト、話がある」

俺はホルストを連れ出す。

「一体なんなのだ」

「実はな……」

「な、わ、私はそんなことに屈するわけには……」

俺たちがこそこそしているのを不審に思ったのかルクレスが話しかける。

「トウキ殿、ホルスト殿、どうしたのだ？」

「いや、なんでもない。すぐ行く」

「そうか」


俺たちは帰りの馬車に揺られていた。

エリカは食べ物を持ってはいない。

ただ、一言、「トウキ分が補給したい」とだけ言って、俺に寄り添っている。

二か月間ほとんど相手をしてやれなかったからなぁ。

すまん、エリカ。

「ところでトウキ殿、なぜあのあとホルスト殿は自ら負けを認めたのだ」

「ああ、それか。いや、今度王都に来るときにはルクレスにビキニアーマーを着せてくるって言ったら引き下がったぞ」

「な、な、な、なにを勝手に約束しておるのだ！！！」

「だってルクレスが『私にできることがあれば手伝おう』って言ってたから」

「そ、それはだな！」

そう言ってルクレスが飛び掛かろうとして来る。

馬車が横転しそうになって、御者のおっちゃんに怒られた。

鍛冶屋の街

さすがに疲れがあって、修羅の塔には行かず、ワーガルの街に一旦帰ってきた。

ルクレスは体のキレを取り戻すと言って、どっかに行ってしまった。

「トウキ、あれはなに？」

「さ、さあ…」

街に入った俺たちの目に映ったのは、家々の玄関先に様々な日用品がぶら下げられている光景であった。

どれもエリカの店の印がついている。

「ああ！　エリカちゃん！　トウキ君！　どこに行ってたんだ！」

俺たちを見つけた雑貨屋のおっちゃんが慌てて駆けてくる。

「今、大変なんだよ！」

「ええ、それは見ればわかりますよ」

「ともかく早く！　早く！」

おっちゃんは俺の手を引くと、強引に連れて行く。

一体なんなんだ？

雑貨屋のおっちゃんに連れられて、エリカの店の前まで来ると、驚きの光景が広がっていた。

「おい！　在庫の補充はまだなのか！」

「私はもうここに四回も来てるのよ！」

「いい加減にしろ！」

「このままじゃママ友に置いて行かれるわ！　早くちょうだい！」

「み、みなさま、落ち着いてください！　私どもの商品は一流の鍛冶屋であるトウキが手作りしていまして、その鍛冶屋が現在不在なのです！　入荷は未定です！」

店の前で商品を求める大量の客にエリカのおやじさんが対応している最中であった。

前々から繁盛はしていたが、ここまでだったか？

「エリカ、ともかくこっそり工房に帰るぞ」

「そうしましょう」

俺たちは殺到する客に見つからないように、後ろをそっと移動する。

「道具屋！　トウキ君とエリカちゃん、連れてきたぞ！」

雑貨屋のおっちゃん…。なにしてんの…。

「あれが鍛冶屋のトウキなのね！」

「お願い！　私のフライパンを作って！」

「俺にもかっこいいヤカンをくれー！」

俺たちに気付いた客が一斉に押し寄せてくる。

「やばい！　逃げるぞエリカ！」

俺はエリカの手を引いて逃走した。

「ハアハアハア…ふうー。し、しんどい…」

「な、なんとか…、なんとか逃げられたわね…」

「もう追って来ませんよ」

ドアを少し開けて外をうかがってくれている、ジョゼが応える。

「二人とも大変だったわね」

リセさんがそう言いながら飲み物を渡してくれる。

俺たちはなんとか振りきってギルドに逃げ込んでいた。

「し、しかし、一体なんだったんだ」

外を見てくれていたジョゼに尋ねる。

「トウキさんご存じないんですか？」

「なにが？」

「トウキさんの作った日用品、この前の帝国戦のおかげで、日用品としての性能だけじゃなくて、防犯グッズとしても人気なんですよ。さらに、トウキさんの作った日用品を持っていること自体がトレンドになっているんです」

「い、いつの間にそんなことに…。じゃ、じゃあ、家の前に日用品ぶら下げているのって…」

「はい。『うちにはトウキ作の日用品があるぞー』ってアピールして、防犯効果を狙っているんです」

自分のことながら、頭がクラクラしてきた。

「それにね、政府が貴族の戦争を禁止したでしょ。そのせいで貴族の間に決闘の文化が再興してね。決闘用に日用品を求める貴族も多いのよ。そんなこんなでエリカちゃんの店にお客さんが殺到したのだけれど、すぐに在庫はなくなっちゃうし、トウキ君はいないしで、最近は街中が大混乱なのよ」

リセさんが続ける。

「ははは…」

ワーガルの皆さん、すみません。

しかしこの状況をどうすべきか。

「ねえトウキ」

「ん？　なんだい？」

「私たちにこの責任はあると思うの」

「そ、そうだね」

なんだか目がこわいですよ、エリカさん。

「だからね、責任は取らないといけないと思うの。トウキもそう思う、よね？」

「う、うん」

なんか語尾が力強かったんですが…。

「そう、トウキは物わかりがよくていいわ」

なんだか嫌な予感がする。

自慢じゃないが嫌な予感は外したことがない。


「トウキ！　フライパン三百個追加よ！」

「ひ、ひぃー！」

「あ、鍋も八十個追加だって！」

「ま、待ってくれ！」

「…ジャングル」

「ぐっ。わかりましたよ！」

あのあと、深夜にジョゼに先導してもらいながら工房に帰った俺は、日用品を量産していた。

エリカがやけに素直だったのは、作れば売れるビックウェーブを逃したくなかったからである。

「しばらく何も作りたくないよー！　もう散々だー！」

「ほら、口より手を動かす」

「イエス！　マム！」

「…ちゃんと全部終わったらご褒美あげるから、ね。私だってまだまだトウキ分足りないんだから
…」

くっっっそぉぉぉぉぉ！

ずるいぞ！

嫁にそんなこと言われたら頑張るしかないじゃないか！

俺は多分、死ぬまでエリカには敵いません。

冒険において塔の難易度は高いのが相場

俺は一時期の激務からは解放されたものの、王国軍の装備とエリカの店への商品作製を行ってお
り、忙しい日々を送っていた。

どうしてこうなったんだ…。

聖剣解体したからか。

とはいえ、このままいつまでも聖剣の作製を放置するわけにもいかなかったので、俺はギルドを
訪ねた。

「あら、いらっしゃいトウキ君。久しぶりね」

「ええ、あの騒動で匿ってもらって以来ですね」

「ふふ。そうね。ずいぶん忙しくしていたみたいね」

「鬼軍曹殿が見ていますから、サボることもできませんでしたよ」

「まあ！　うふふ」

ああ、リセさん癒されるなあ…。

「ところでトウキ君。うちの息子たちにも何か特殊な日用品作ってくれないかな?」

前言撤回だ。

頬を赤らめて、よだれ垂らしてるよ、この人。

「リ、リセさん。その話は置いといて、今日は依頼に来たんですよ」

「そうなの。残念」

「いやいや、リセさんこっちが本業でしょう」

「冗談よ。で、どんな依頼かしら？」

いや、全然冗談の目じゃなかったぞ…。

「聖剣の次の宝石、スターエメラルドがある修羅の塔に行ってもらいたいんです」

「あー、ごめんなさい。それはできないわ」

「どうしてです？」

「あそこはもともと帝国領で、今は占領しているだけだから、王国ギルドとしてはあまり関わりたくないのよね。それに、今は王国軍が周囲を固めていて、とてもじゃないけど冒険者が入れる雰囲気ではないわ」

「そうなんですか…」

こうなると、頼りになるのは…。

「今の話聞かせてもらったぞ！」

ほらやってきた。

今回は普通に正面の扉から入ってきた。

キッチリ体は仕上げて来ていた。

「あのね、トウキ君」

「なんですか？」

リセさんが小声で話しかけてくる。

「ルクレスちゃん、ずっと外から覗いて、飛び出すタイミングを計っていたみたいなのよ」

「ああ、わかりました」

俺はリセさんに目配せをする。

「今の話聞かせてもらったぞ！」

「い、いつの間に！」

「なに、安心しろ。私に任せておけば修羅の塔に行くことなどたやすい！」

「おお！　さすがルクレスだ！」

俺はこれでもかとルクレスを褒める。

「そうだろう、そうだろう！　さらに、私にかかれば宝石など簡単に手に入れてやろう！」

「な、なんだって！」

「うむ。トウキ殿はここで待っているがいい！」

そう言うと、ルクレスは駆け出して行った。

「トウキ殿、すまぬ…。ぐすっ…」

数日後、ルクレスは工房に来るなり、半べそになりながら謝罪してきた。

「ちょ、ちょっとルクレス。お姫様がそんな顔しちゃダメでしょ」

エリカが顔を拭いてやる。

男爵令嬢にはなをチンしてもらっている今の状況を近衛兵が見たらどうなるのだろうか。

「い、一体なにがあったんだ？」

「登れなかった」

「はい？」

「スターエメラルドのある修羅の塔の頂上まで登れなかったと言っているのだ！」

「なんですとぉ！」

ルクレスでも登れないって相当やばいんじゃないか…。

冒険において塔の難易度は高いのが相場だった

俺とエリカはルクレスに連れられて、修羅の塔まで来ていた。

周囲は近衛兵ががっちり守っていた。

「高いわねぇ」

エリカが見上げながら言う。

「高いなあ。けど、てっぺんは地上からでも見えるじゃないか」

俺はルクレスが登りきれないと言うから、てっきり天空を貫くようなとんでもない建造物なのかと思っていた。

「なあルクレス、なんでこれが登れないんだ」

「実際に登ってみるから、見てくれ」

ルクレスは俺たちを塔の中へと案内した。

塔の中は何もなく、ただ壁に沿ってらせん状に階段が上へ上へと続いているだけであった。

「では、登るぞ」

ルクレスは英雄らしくドンドン登って行く。

気が付けばもうすぐ中ごろまで行きそうである。

ルクレスの姿はかなり小さくなっていた。

と、次の瞬間。

「き、消えたぞ！　ルクレスが消えた！　エリカ！　見たか！」

「うん。うん。うん」

エリカは混乱して首振り人形のように何度もうなずく。

先ほどまで順調に登っていたルクレスが突然階段から姿を消したのである。

俺たちが何が起こったのかわからず、固まって見守っていると、階段を降りるルクレスの姿が現れた。

「意味がわかっただろ？」

階段から飛び降りたルクレスが俺たちに問うてくる。

あの高さから飛び降りて、足は大丈夫なのだろうか。

「い、いや。さっぱりわからないんだけど…。トウキはどう？」

「俺も何がなんだか…。途中でルクレスが消えたとしか」

「むう。ではトウキ殿とエリカ殿も登ってみるといい」

「「ええっ！」」

「大丈夫だ、死にはしない」

「ル、ルクレスってすごかったのね…」

「そ、そうだな」

俺たちは塔を登っていた。

かなりの時間登っていたが、まだまだ上を見ると残っている。

「ね、ねえ…。も、もう、結構来たと思うんだけど…」

「あ、ああ…。それは…思ってた…」

「なんで…、最近は…、こんな息切ればっかりしなきゃいけないのよ…。もうだめ、休憩」

「そうしよう…」

俺はふと下を見てみる。

「ど、どういうことだ！　エリカ、下を見てみろ！」

「な、なによ急に。ってなによこれぇ！」

階下に広がる光景は明らかに、今までの登った高さに合っていなかった。

「もっと登ったはずよね」

「そのはずだ」

俺たちは塔を降りることにした。

「降りるときは、視覚のまんまなのね」

「なるほど。こりゃルクレスでも登りきれないいな」

「どういうこと？」

「つまり、ルクレスが消えた地点があっただろう。あそこからはどんだけ頑張っても上に行けないんだよ」

「どういうからくりよ」

「俺が知るわけないだろ」

「そうよねぇ」

俺たちはルクレスと合流した。

「おお、二人とも無事だったか。あまりにも遅いから死んだのかと思ったぞ。登った兵士が十人ほど帰ってこないしな！」

「おい」

「ははは。冗談だ！」

ちくしょう、ルクレスにしてやられた。

なんか悔しい！

「しかし、これどうするかなぁ」

「あ！　そうだ！」

「どうしたエリカ？」

「あの人がいるじゃない！」

「ああ、あの人か」

「どの人だ？」

ルクレスは首を傾げる。

数日後、俺たちはフランクさんを連れて修羅の塔にやってきた。

リセさんは最初かなり渋っていたが、エリカがトング代をチャラにすると言ったら、笑顔で送り出してくれた。

「ふむ。この塔の外壁を登って行けばいいのだな」

「ええ。フランクさんにしかできない芸当ですよ」

「任せろ」

そう言うとフランクさんは相棒を巧みに使って順調に登り始める。

「おー、すごいなー」

「ほんとね」

「英雄にだってできないことがあるのだ」

「いや、これはできなくていいんじゃない？」

「私もそう思うわ」

「そ、そうか」

「あ！」

「あ！」

「あ！」

「フランクさんも消えたね」

「外壁もダメかぁ」

「フランク殿はどうするのだ？　このままではずっと登っているのでは？」

俺の脳裏にギルドの受付のお姉さんの顔がチラつく。

フランクさんを溺愛してるあの人を敵に回すのはやばいよ。

「「フランクさ－－－－－ん！！！！」」

俺とエリカは腹の底から声を出して呼ぶ。

俺たちの叫びに反応するように、トングを持ったおっさんが空から降ってきた。

「なんだトウキ」

「ああ、よかった。フランクさん、生きてたんですね」

「当たり前だ。ただ、壁を登っていただけだからな」

「私たちの声が聞こえて本当に良かったです！」

エリカは泣いていた。

「しかし、これで振り出しか」

「ねえ、もうさ、この塔折っちゃったら？」

あら、うちの嫁さんったら過激。

「確かに、エリカ殿の言うことも一理ある」

わお、姫様も大胆。

「ふむ。登れない以上そうするか」

やだ、ギルド長も豪快。

「うむ。満場一致だな。なに、国王には私から話を通しておくさ」

フランクさんとルクレスは近衛兵と塔を倒すための打ち合わせをし始めた。

そういえば、近衛兵もトンデモ装備なんだった。

やがて打ち合わせが終わったのか、ルクレスとフランクさん、数名の近衛兵が塔の片側に集まる。

「トウキさんたちは下がってください。危ないですから」

近衛兵に誘導されて俺たちは塔から離れる。

「エリカ」

「なによ」

「塔に人間が攻撃を始めたぞ」

「始めたわね。あ、ヒビが入りだしたわよ」

「すごいなぁ」

「すごいわねぇ」

ドスーーーーーーン！！！！！

「倒れたわ」

「倒れたね」

「「………」」

無事にスターエメラルドが手に入ってよかったと思いました。

冒険者も楽じゃない

なんとか聖剣に必要とされる宝石を三つ手に入れることができた。

ただ、残りのシャイアの街が一番の問題だった。

場所がわからない以上どうしようもない。

「こんにちは」

「あら、トウキ君こんにちは。今日も宝石の依頼かしら？」

「ええ、ただ今回はちょっと問題があって」

俺はリセさんに状況を説明する。

「うーん、シャイアの街は載ってないわねぇ」

リセさんは推奨依頼料のための本をペラペラとめくりながら言う。

「やっぱりですか…」

「まあ、見つかればうちの人かジョゼちゃんを派遣すれば大丈夫でしょう。ルクレスちゃんもいるしね」

「ですね。問題はどうやって見つけるかですね…」

リセさんは少し悩むと、お願いをするように小さめの声で話し出す。

「そうねぇ。もしよかったら、シャイアの街の探索だけ複数人が受注できるようにしてギルドに依頼してくれないかしら」

「こちらとしては全然問題ないですけど、どうしてですか？」

「実はね。ワーガルのギルドって北部の辺境では唯一のギルドでしょう？　それで周辺の街から冒険者になろうって人が二十人も集まってくれたの。けどね、所属してる冒険者がジョゼちゃんとうちの人以外はみんなE～Fランクなのよ」

確かに、いっつもフランクさんとジョゼは忙しそうにしてるけど、他の冒険者が働いてるところなんて見たことないなぁ。

「なるほど。少しでも経験を積ませてあげたいんですね」

「それだけじゃなくてね。ジョゼちゃんとうちの人は依頼があるし単価も高いからいいんだけど、他の子は生活するのもギリギリみたいでね。実家の宿屋も付け払いにしてあげて支援してるんだけどね」

冒険者は低ランクだと、一仕事一万E前後なんてザラである。

一人前と認められるCランクになれば百万Eの仕事なども舞い込んでくるようになる。

「そうですか。では、二十人全員が受注できるように設定してくれていいですよ。ついでに旅費もこちら持ちで大丈夫です」

「ほうとうに！　ごめんなさいね、無理を言っちゃって」

「いえいえ、ただ報酬は探索の相場しか出しませんよ？」

「それは当然よ。冒険者はそこまで甘くないわ」

俺はリセさんに依頼書を提出してギルドをあとにした。


「あちぃ…」

俺は今、王国西部の砂漠地帯に居る。

数日前、街で一番金持ちと言われている鍛冶屋のトウキさんが、ギルドに依頼を出した。

『交通費その他実費は依頼者負担！　一週間の探索参加で三万E、シャイアの街を発見したら百万E！』

この依頼に俺を含めたワーガルの冒険者は飛びついた。

なにせ、実費は負担してくれるので、参加中は生活に困らない。

ありがたいことだ。

「おーい、アベル！　なんか見つけたかぁ？」

「こっちはなんにもないぞ！」

パーティーメンバーの男が声を掛けてくる。

今回の探索は何があるかわからないとのことで、リセさんが事前に四人のパーティーを組ませている。

ああ、俺も冒険者として名を上げてあんな綺麗な奥さん欲しいなぁ。

ただ、リセさんに鼻の下を伸ばしていると、カチカチカチというトングの音がどこからともなく聞こえてくる。

おかげで誰もリセさんには手を出していない。

「はあ…」

稼いで来ると言って村から出てきたが、現実は甘くない。

ギルドでのランクがＦの自分では日頃の生活をするのもままならない。

氏名：アベル
職業：冒険者（ランク１）
スキル：近接攻撃

未だに鑑定すら覚えていない自分のステータスを見て落ち込む。

そのときだった。

「な、なんだありゃ！！！」

一人の男が大声を上げる。

周囲にいた冒険者たちが声のした方を見る。

そこには、サンドワイバーンと呼ばれる、砂漠に生息する最低級の竜型モンスターが飛んでいた。

最低級とはいえ、竜型である。

Cランク冒険者が三人がかりでやっとと言われている。

「に、にげろー！！！」

一人が叫ぶともう混乱は避けられない。

次々と半べそをかきながら逃げて行った。

サンドワイバーンはその特徴として飛ぶだけでなく、砂に潜ることができ、かつ、その方が速い。

逃げる冒険者に向けて、砂の筋が迫る。

「こんなことで逃げてたら話にならない！　俺は冒険者でウハウハな生活を送るんだ！」

俺はなけなしの金で買ったフライパンを手に、サンドワイバーンが砂から出てくるタイミングを狙う。

「いまだ！！！」

フライパンを思いっきり振り下ろす。

砂から飛び出してきたサンドワイバーンの脳天をフライパンが直撃し、サンドワイバーンは光となって消えた。

結局、シャイアの街を発見することはできず、ワーガルギルドが総力を挙げて行った探索任務は失敗に終わった。

「結局だめでしたかぁ」

俺は依頼の報告を受けるのと報酬の支払いのためにギルドを訪れていた。

「トウキ君、ごめんなさいね」

「いえ、謝ることではないですよ。こりゃ、自分たちで行くしかないですかね」

「そうね。そうしてもらうと助かるわ。まさか、サンドワイバーンが出るなんて思わなかったわ」

すみません。俺のせいですそれ。

「けど、討伐したんですよね？」

「ええ、トウキ君のフライパンを使ってね。ただ、一撃で壊れてしまったから調査を続行することはできなかったわ」

「まあ、あれは一応調理器具ですからね」

「そう…よ…ね…？」

いや、なぜ疑問形。

英雄さまさま

結局ギルドによる探索が空振りに終わった俺は、実際に自分の目で探してみることにした。

「うわ。見事に何もないなぁ」

伝承上、シャイアの街があるとされる場所は、右を見ても左を見ても砂、砂、砂、であった。

今までの聖剣復活計画においても、シャイアの街にあるとされるグリーンダイヤモンドがネックとされていた。

「ふむ。これは俺一人ではどうしようもないな」

「そこで私の出番なのだなトウキ殿！」

「ああ、そうだ」

俺はルクレスを連れて来ていた。

エリカには「髪は汚れるし、暑いし、私が行かないといけない理由もないからパス」と言って断られた。

ジョゼとフランクさんは相変わらずの忙しさであった。

「じゃあ、早速探しますか」

「ああ、そうしよう」

ルクレスは張り切っている。

最近は活躍の場が増えているのと、単純に冒険が好きなのだろう。


すでにシャイアの街を探し始めて、三日が過ぎていた。

なんの手がかりもなく、むなしく時間だけが過ぎていく。

途中何回もモンスターに出合ったが、姫様の敵ではなかった。

「はあ…。どうするかなぁ…。一旦帰るか」

俺はルクレスに提案する。

「ふむ。私はまだまだ元気だが、トウキ殿の体力もあるしな」

「すまないな。とりあえず、これが終わったらもう一度王都で調べてみるとするよ」

「それがいいだろう」

俺たちはワーガルに戻るべく歩き始めた。

「ところでトウキ殿」

「ん？　なんだ？」

「この三日間、ずっと気になっていたのだが、あの街は訪ねてみないのか？」

そう言ってルクレスは砂漠の一点を指差す。

指し示す先にはただ、砂が一面にあるだけだった。

「ああ、ルクレス。暑さでおかしくなってしまったんだね…」

「なにを言うか！　私は耄碌《もうろく》などしていない！　トウキ殿こそあれが見えないのか！」

ルクレスは再度指し示すが、やはり何も見えない。

「なあ、ルクレスには街が見えているのか？」

「そうだ」

「ちょっとそこに行ってもらえるか？」

「いいだろう。私だって耄碌したと思われたままではいられないからな！」

ルクレスはずんずん進んでいく。

「ここだ！」

やはり何もない。

「おーい！　グリーンダイヤモンドはありそうか！」

「ちょっと待ってくれ！」

遠くから見ると若い女性が何もない砂漠で奇妙な踊りを踊っているようにしか見えない。

ルクレス的には崩れた建物を避けているそうであるが…。

「あった」

「なんですと！！！！」

ルクレスは俺の下に駆けてくる。

その手には、緑色に輝くダイヤモンドが握られていた。

「なるほどなぁ」

「ん？　なにがだ？」

「多分、シャイアの街は英雄の職業の人間にしか見えないようになっているんだろうな」

「ふむふむ」

「もっと早く教えてほしかったよ…」

「いや、トウキ殿にも見えていて、あえてスルーしているのかと…」

「まあ、ともかくこれで揃ったな」

俺たちは、再びワーガルへの途を歩み出した。

第3章　悲しみの魔王編

約束を果たしに

俺たちは王城に来ていた。

宝石を各種集めたことを報告するためである。

「トウキよ。よくぞ宝石を集めたな」

「はっ」

まあ、ほとんどおたくの娘さんが集めたんですけどね。

「して、聖剣を完成させることはできそうか」

「それはわかりません。ためしに作って失敗しましたではすまないので、しばらくは他の物を作って実力をつけようかと思っております」

「ふむ。なるほどな。では、引き続き聖剣の復活に尽力するように」

「はっ」

「ところで、その重そうなものが入った袋はなんじゃ？」

「姫様の装備でございます」

「そうか」

国王との面会を終えた俺は、もう一つの用事をすませるべく、宮廷鍛冶師の仕事場にルクレスを連れて向かっていた。

「な、なあトウキ殿。やめないか。ほら、せっかく宝石も集まったんだ。こんなことをする暇があるなら腕を磨こう」

「いやいや、これは貴族同士の大事な約束ですから」

「だ、だがなあ！」

「おお！　姫様！」

これでもかというタイミングで、ホルストに見つかる。

ルクレスはこの世の終わりのような顔をしていた。

「なんだ、トウキもいたのか」

「おい、そんなこと言っていいのか？」

「どういうことだ」

「今日はあの約束を果たしに来たんだぞ」

「！！！！！！」

ホルストは充血するほどに両目を見開いた。

「ちょ、ちょっと待っていろ！　今すぐ部屋を用意する！」

ホルストは駆け出して行った。

「くっ。ええい！　こうなったら覚悟を決めるぞ！」

ホルストを待っている間にルクレスが気合を入れる。

さすが、こういうときは腹を括るのが早い。

「ひ、姫様！」

突然ホルストとは違う方向から声が聞こえた。

城の衛兵がルクレスを捜していたようだ。

「どうしたのだ」

「た、大変です！　魔王が復活したとのことです！　国王の下へお戻りください！」

「な、なんだって！」

俺とルクレスは駆け出して行った。


くふふふ。

ついに、ついに愛しの姫様のビキニ姿を見ることができる。

ホルスト・シュミット、この日ほど宮廷に仕えていてよかったと思うことはない。

トウキとやらも見直してやらねばならぬな。

ともかく、早く姫様の下に戻らねば！

俺は部屋を用意するとすばやく駆け出した。

「ひめさ…ま…」

おかしい。

先ほどまでいた姫様が消えている。

どこへ行かれたのか。

「おい、そこの衛兵！　姫様はどちらだ！」

俺は妙に慌ただしくしている衛兵に声を掛ける。

「ああ、ホルスト様。姫様ならワーガルへとお戻りになりましたよ」

「なんだと！　どういうことだ！」

「わっ！　は、放してください！　ぐるじい！」

「す、すまぬ」

「魔王が復活したんですよ。それで今すぐにでも聖剣が必要だとかでトウキ様の護衛で姫様もワーガルに…ってホルスト様！」

その日王城では「魔王許すまじ！！！」と叫んで走り回るホルストの姿を見たという報告が相次いだ。

王城の者はみな「さすが筆頭宮廷鍛冶師だ。魔王が出てもおびえるどころか闘争心むき出しだ」と勇気をもらったという。

色んな人の悩み

聖剣の力の弱体化に付け込んで、かつての腹心の子孫が復活の儀式を成功させた。

魔王復活の報は瞬く間に大陸全土に響き渡り大陸中の人々がおびえた。

在りし日にくらべ弱体化していたがモンスターも支配下に置いた。

すべては順調にいっているはずであった。

「アーネストよ」

「なんでしょうか魔王様」

「これはどういうことだ」

「どういうこととは？」

「帝国なる人間国家への侵攻が順調であるのはよい。しかし、忌まわしき勇者の末裔の王国に対する侵攻は全く進んでおらぬではないか」

「それは致し方ないかと」

「なぜじゃ」

「かの国の兵士はかつての勇者のパーティーに引けをとらない装備をしており、さらに国民が日用品で武装していますから」

「お前は何を言っておるのだ。人間界に溶け込んでいるうちにおかしくなったのか？」

「いえ、実際にご覧いただきましょう」

アーネストはヤカンを手渡してきた。

「これは、ヤカンであるな」

「はい。王国民の間で今流行の武器でございます。鑑定をしてみてください」

「う、うむ」

しぶしぶ鑑定をしてみる。

「なんじゃこれは！　こんなものを国民が持っておるのか！」

「ええ。今の王国は人類史上最強の集団と言ってもよいでしょう」

「じゃ、じゃが、聖剣がないなら問題なかろう。いくら強いとはいえ、この程度ではワシは倒せん」

「いえ。それが、すでに王国は聖剣の復活計画を進めているようです。宝石を集め終わった段階だと言われています」

「なんじゃと！　なぜそれを阻止しなかったのだ！」

「この二年間魔王様の復活の儀式に専念していたからですよ。まさか、ここまで復活計画が順調にいくとは私も思いませんでした」

「むむ。してアーネストよ。どうするべきか」

「そうですね。聖剣が完成する前に彼らを倒すべきかと」

「仕方あるまい。行くぞアーネストよ」

はあ。なぜ復活早々に人間退治にワシ自ら出向かねばならんのだ。

「魔王様。申し上げにくいのですが、今の魔王様ではここからワーガルの街までたどり着くことはできないかと」

「なぜじゃ」

「復活してすぐですので本来の力を取り戻しておりません。加えて王国の善戦により魔王様の力の源である人間の恐怖も予想より低いので、今しばらく回復なさらないと」

「しかしそれでは聖剣が復活するかもしれないではないか！」

「はい。つまり私たちにできることは魔王様の回復の方が早くなるように祈るだけです」

魔王が祈るとは……。


ワーガルの街が順調に発展していく中、悩みを抱えている男がいた。

ワーガルギルド長のフランクである。

妻のリセとはおしどり夫婦として名を馳《は》せていた。

子どもたちも手が付けられないくらい元気に成長している。

武器にだって不満はない。

悩みとは、ギルドのソファでうなだれている新米冒険者のアベルについてである。

アベルは先日のサンドワイバーンの討伐で冒険者ランクが7まで上昇していた。

しかし、ギルドでのランクはDで止まっていた。

というのも、ランクDまでは各ギルド長の判断で昇級できるのだが、ランクCからは全国共通の課題をこなさなくてはならない。

ところが、先日のサンドワイバーン戦でフライパンが壊れてしまい、武器がなくなったアベルは昇級はおろか、日々の依頼すらこなせなくなっていた。

「どうしたものか」

今でも、妻の実家でワーガルの冒険者たちはお世話になっている状況である。

この上、アベルに俺が武器を用立ててしまっては、おんぶにだっこ状態である。

さらにタイミングの悪いことに魔王が復活したことにより武器も日用品も品切れ状態であった。

ただ、フランクとしてもこの青年をこのまま地元に帰すのは避けたかった。

自分やジョゼに次ぐ冒険者は必要であったし、なによりアベルは熱意だけは相当であった。

フランクはその辺を気に入っていた。

「こんにちは」

「あら、エリカちゃん。こんにちは。エリカちゃんが一人で来るなんて珍しいわね」

「ええ、ちょっと用事があって」

ギルドにエリカがやってきた。

「実は、相談がありまして」

「どうかしたの？」

「今トウキが聖剣を復活させるために腕を磨いているんです。それで、昨日ついにかなりの逸品を作り上げたんです」

「まあ！　それはすごいわ！」

「けど、それがでかくて邪魔なんですよね。で、鋳潰《いつぶ》しちゃうのももったいないのでギルドで引き取ってもらえないかなと思いまして」

「エリカ！　任せてもらおう！」

「フ、フランクさん!?　ちょっと！　私には愛する夫が！」

まさに僥倖《ぎょうこう》。

フランクはエリカの側に駆け寄ると、手を摑んで興奮していた。

「い、いや！　違うんだ！　誤解だ！　リセ！　フライパンを下げろ！」

リセの誤解を解いたあと、アベルを連れて工房へと赴いた。

「ああ、フランクさん。来てくれたんですね。えっとそちらは」

「アベルだ。Dランク冒険者だ」

「アベルっす」

アベルはトウキにぺこりと頭を下げる。

「それで、作製した武器というのは…これか？」

「はい」

そこには人の背丈よりも長い剣が置いてあった。

「鑑定しますね」

そう言ってエリカが剣に触れる。

【オリハルコンのグレートソード】
攻撃力　3500　　全ステータス強化（中）　　切れ味保持（永久）

「なんすかこれ!?」

アベルが驚きの声を上げる。

「なあトウキ。俺のトングもこれくらいにならないか」

「さすがに武器じゃないのでならないですよ。それに、これ一撃が重い系なのでトングが弱いとは一概に言えないですよ」

「ふむ。そうか。よし、アベル外に出て持ってみろ」

「は、はい！」

工房の外でグレートソードを構えたアベルはなかなか様になっていた。

「いいじゃないか」

「けどこれ、めちゃくちゃ重いですよ」

「それくらい振り回せるようになれ」

「うっす」

「えっと、アベルが引き取ってくれるってことでいいんですよね」

「もちろんだ。むしろトウキこそいいのか？」

「ええ、次は本番のつもりなので、それに使い道ないですし」

「そうか。すまないな」

「トウキさん！　ありがとうございます！」

アベルの眩しい笑顔をトウキはなぜか直視できなかった。

お前っていい奴だったんだな

魔王が復活してからすでに数か月が経っていた。

生きる伝説ことSランク冒険者のアーネストが魔王の部下であり、彼が魔王を復活させたと知ったときは動揺していた王国の人々であったが、送り込まれるモンスターを次から次に撃退しているうちに落ち着きを取り戻していた。

「さてと、そろそろ本番に行きますかな」

俺の鍛冶屋ランクは26にまで成長していた。

先日アベルに渡した武器を見る限り、四種類の宝石を素材とすれば聖剣を復活させられるのではないかと考えていた。

「さすがに緊張するなぁ。というか、この宝石扱ったことないから大丈夫かなぁ…」

いざとなるとやはり弱気にもなる。

「トウキ殿なら大丈夫であろう」

腕を磨く一環でアップグレードをした雷虎を受け取りに来ていたルクレスが励ましてくれる。

そんなときだった。

「トウキはいるか」

「はい。ってホルストか」

その声に反応してルクレスは工房の二階へ逃走した。

「今のは姫様か！　貴様、姫様を連れ込んで何をしていたのだ！」

「いやいや、武器を強化しただけだよ」

「ならよいが」

「それで、今日はどうしたんだ？」

「ふむ。実はな」

「実は？」

「大変遺憾であり、このような緊急事態でもなければ死んでも嫌なのだがな」

「どんだけだよ」

「お前の聖剣作りを支援してやろうと思ってな」

「ほう」

「なんだその反応は。もっと泣いて喜んだらどうなのだ」

「いや、何を手伝ってくれるかわからないのにそこまでできるかよ」

「なるほど。それももっともだ。見よこれを！」

「こ、これは！　…なんだ？」

ホルストは古い巻紙を取り出した。

「なんだではない！　これは聖剣の作り方が書かれた古文書だ！」

「ホルスト様！　ありがとうございます！　靴を舐めればいいんですね！」

「やめんか！　気持ち悪い！」

「けどなんでそんな物を持っているんだ」

「なっ！　貴様、我がシュミット家こそ聖剣を作り出した家だと知らなかったのか！」

「本当に申し訳ありません。なんと謝罪してよいのかわかりません」

「なぜ急に土下座するのだ。ともかく、聖剣作りに失敗されても困る。これは一つ貸しにしてやるから、さっさと聖剣を作るがいい」

そう言うと巻紙を置いてホルストは去って行った。

ホルストの先祖に呪われても文句言えないな…。


ふう。

聖剣を作り出したシュミット家の人間が聖剣を復活させることができないなど先祖になんと言えばいいのか。

己の無力が恥ずかしい。

俺はトウキに聖剣の設計図を渡すと足早に馬車乗り場へと向かっていた。

「ホルスト殿！」

突然後ろから姫様の声がする。

「どうなさいまし…な、なにをしておられるのですか！」

そこにはビキニアーマーを着た姫様が、顔を耳まで赤くして恥ずかしそうにモジモジしながら立っていた。

ちょっと破壊力増し過ぎではないですかね。

「ホ、ホルスト殿との約束をまだ果たしていなかったからな。王族として臣下との約束を破るわけにはいかぬ！」

恥ずかしさのあまり後半は大声であった。

「グッドです姫様！」

「な！　どうしたのだホルスト殿！　ちょっ！」

ここから先はよく覚えていないのだが、気が付くと王都に帰っていた。

顔面が腫れ上がっていてしばらく仕事ができなかった。

王城の女性たちが私を見る目がいささか冷たい気がする。


「おお、ルクレスお帰り」

「……」

「どうしたんだ？」

「トウキ殿」

「ん？」

「ホルスト殿にふとももをスリスリされた」

試し切りは魔王で

「さてと、昨日ホルストから設計図も貰ったことだし、始めるかな」

俺は設計図を拡げる。

ホルストから貰ってすぐに確認したところ、三日がかりの作業になることがわかっていたため、早めに休んで翌日から作業に入ることにした。

「頑張ってねトウキ。私もしっかりサポートするから」

「ありがとう、エリカ」

こういうとき、妻の支えがあるのはありがたい。

作業以外は気にしなくてすむ。

「わ、私も応援しているぞ」

特にできることのないルクレスは落ち着かないようだ。

俺が作業を始めてから二日後、それは起こった。

「トウキ殿、大変だ！」

突然ルクレスが工房に飛び込んでくる。

「どうしたんだ」

「魔王が、魔王がワーガルに向けて進軍している！」

「なんだって！」

「今、王国軍と近衛兵が足止めをしているが、ワーガルに魔王が到達するのは時間の問題だ」

「クソ！　聖剣はまだ掛かるぞ」

「ともかく、トウキ殿は聖剣を作ることに専念してくれ。私はギルドやワーガル騎士団と共に対策を考える」

ルクレスは工房を飛び出して行った。

「ねえ、トウキ。大丈夫だよね？」

「正直わからない。ともかく、エリカも装備を整えておくんだ」

「う、うん。わかった」

エリカはジャングル以来の完全防備をし始めた。

さすがに俺は全身甲冑を着て作業をするわけにはいかないので、装備はしなかった。

それからわずか数時間後、「魔王見ゆ」の知らせが騎士団からもたらされた。

「トウキ殿、いるか」

「ああ、ルクレスか」

「ついに魔王がやってきた」

「どうするんだ？」

「騎士団員が相手をしても死人が増えるだけだ。私とフランク、ジョゼ、アベルの四人で時間を稼ぐことにした」

「…わかった。なんとしてでもその間に聖剣を完成させるよ」

「頼んだぞ」

そう言うとルクレスは工房を去ろうとする。

「待って。私も行く」

「エ、エリカ！　何を！」

「だって、私の装備はトウキが作ったトンデモ装備なのよ。時間稼ぎくらいならできるわ」

「け、けど」

「エリカ殿、覚悟はできているんだな？」

「はい。できています」

「なら私からは何も言うまい。それに、かつての勇者のパーティーにも行商人エルスがいたというしな」

「ええ。その通りよ。じゃあ、トウキ、行ってくるね」

俺は見送ることしかできなかった。

そういえば、これって先祖と一緒で勇者のパーティーに武器を提供したことになるのかな。

「ふむ。お前の言う通り、なかなか手ごわかったわい」

「回復に専念なされて正解でしたね」

「うむ。聖剣も未だ復活しておらぬようだ」

ワーガルの手前でアーネストと魔王が話している。

「貴様が魔王か」

「誰じゃ」

魔王が声のする方を振り向く。

そこには、青髪の刀を持った女、レイピアを構える赤紫の髪の女、背の丈以上の大剣を構える青年、トングを両手に構えるおっさん、北部の街でビキニアーマーを着ている女がいた。

自分が眠っている間に人間のパーティー編成は変わったのだなと思う魔王であった。

「私は、オークレア国王の娘、ルクレス・オークレアだ」

「ほう。つまり、あの忌まわしき勇者の末裔《まつえい》か」

「その通りだ」

「魔王様、あの娘を侮ってはなりません。かつての勇者と同等以上の力を持っております」

「フハハハハハ。おもしろいではないか」

「隙あり」

ルクレスが魔王に突然切りかかり、割とキツイ一撃を食らわせた。

「うぎゃ！　い、いきなり切りつけてくるとは何事だ！」

「いや、隙だらけだったので」

「勇者と魔王の戦いの前のやり取りとか憧れないのか！」

「全く」

「ぐっ。アーネストよ。お前の言う通り、この娘侮れないぞ」

内心さすがにここまでヒドイとは思っていなかったアーネストであった。

「ええい！　こうなれば、こちらも容赦はせぬ！　まずはその商人から狙ってやろう！」

魔王はエリカを指差す。

「かつての戦いでは商人を攻撃するのは最後にしてやったが、今回はそうはせぬ！　そちらが先にやってきたのだからな！」

魔王は手のひらに黒い球を作り出すと、それをエリカに向けて投げつける。

「魔王の魔法を食らうがいい！」

かーん
甲高い音を立てて、エリカに命中した魔王の放った魔法ははじき返された。

「は？」

「いまだ！」

魔王は混乱した！

ルクレスの号令にパーティーが一斉に襲い掛かる。

「え、ちょ、まって！　アーネスト！　助けてアーネスト！」

「すみません。さすがにその乱戦に突入すると私でも死んじゃうので…」

「おいこら！」

なんとか聖剣を作り上げた俺はルクレスたちが戦っている街の外まで全力で走っていた。

頼む、なんとか間に合ってくれ！

聖剣のおかげで俺はあの日親父の墓から工房へ戻ってきたときと同じスピードで疾走していた。

「みんな！　待たせた！」

なんのことはない。

全ては杞憂であった。

俺が見た光景は死ぬまで忘れないだろう。

武器を捨て投降するアーネストを見張るジョゼとアベル。

エリカに馬乗りされ、フランクさんにトングで押さえつけられ、今まさにルクレスに首を落とされそうになっている魔王。

聖剣なんていらんかったんや！

「おお！　トウキ殿！」

ルクレスが笑顔で対応する。

いや、場馴れし過ぎでしょ。

今まさに首を落とそうとしてるのにその笑顔ができるのはすごいわ。

「トウキ！　聖剣ができたのね！」

「ああ…」

俺はエリカにそう言いながら、ルクレスに聖剣を渡す。

「これが本来の聖剣エクスカリバーか…。美しい…」

「すごいキラキラしてますね」

ジョゼ、君ももうそっちの人なのね。

この状況で冷静な感想ありがとう。

「じゃあ、鑑定するね」

【聖剣エクスカリバー】
攻撃力　9999　光属性　全ステータス強化（極大）
状態異常耐性（完全）　自動回復（極大）　切れ味保持（永久）

「これは、すごいな」

いや、魔王をトングで押さえてる方がすごいと思います。

「俺のグレートソードなんか目じゃないっすね」

そうだね。

「では、さっそく試し切りといこうか」

『ルクレス姫、勇者となる！』

魔王の復活という未曽有の危機に見舞われた人類であったが、伝承と同じく、勇者が魔王を討ち取った。

魔王を討ち取ったのはオークレア国王の第二王女にして、英雄の職に就くルクレス姫（20）である。

ルクレス姫は国民の間ではあまり知られていない人物であったが、帝国からは『青髪の英雄』として畏れられるほどの人物であった。

ルクレス姫はワーガルギルドの冒険者やエルス男爵令嬢と協力して、魔王を討ち取った。その際には伝承と同じく、聖剣エクスカリバーが使われたとされている。

ルクレス姫の勇者としての活躍に加え、勇猛さからはかけ離れた可憐な見た目から、国民の間ではルクレス姫フィーバーが巻き起こっている。

本誌の取材に対してルクレス姫は、「お願いだ。もうやめてくれ」と目に涙を浮かべつつ、顔を真っ赤にして恥ずかしそうに答えてくれた。

魔王討伐後日談

その１　姫様の悩み

魔王を打倒してから数週間が経過したころ、俺とエリカ、それにお義父さんは王城に呼ばれていた。

「此度の魔王打倒に際して、多額の寄付を行ったサスカ、聖剣を作製したトウキ、娘と共に戦ったエリカと、エルス家の功績は多大である。よって、男爵から一気に伯爵へと取り立てることとした。これからも王国の発展に寄与することを願う」

「承知いたしました。謹んで伯爵位を賜ります」

お義父さんは深々と頭を下げる。

俺とエリカもそれに続く。

「なあ」

「ん？」

「伯爵になったからってなにか変わるのか」

「うーん。そりゃ偉くなったから、権力を振りかざすことはできるんじゃない。まあ、うちのお父さんがそんなことするとは思えないけど」

「だよなあ。エリカたちは権力よりも商売だもんな」

「うん、うん」

俺とエリカは王城を歩きながら談笑していた。

「ト、トウキ殿、エリカ殿、助けてくれ！」

後ろから聞き慣れた声がする。

「おお、ルクレスじゃないか、久しぶり」

聖剣が完成したため、監視兼護衛をしていたルクレスは王城へ帰っていた。

そのため、会うのも久しぶりである。

「ああ、久しぶりだな。……って、ゆっくりしている場合ではないのだ！」

「どうしたんだ？」

「頼む！　私をメイドたちから匿ってくれ！　ともかく頼んだ！」

そう言うとルクレスは走り去って行った。

しばらくすると、ルクレスを追ってメイドたちがやって来る。

「これはこれは、トウキ様にエリカ様」

「やあ。急いでるみたいだけどどうしたんだい？」

「実はルクレス様を捜しておりまして」

「ほう。またどうして」

「はい。ルクレス様は先日の活躍で国民の皆様から大変慕われるようになりました。そのため、今後は政治に関与しないのは従来通りですが、表舞台には出ていただこうかと思いまして」

そう言うと、メイドの一人が前に出てくる。

その手には、とても綺麗なドレスが握られていた。

フリフリだらけの。

「わあ！　綺麗なドレスですね！　ルクレスにすごく似合いそう」

「エリカ様もそう思いますよね！　けど、ルクレス様は嫌がって、逃げてしまうのです」

「えー、もったいない。じゃあ、もしルクレスに会ったらドレスを着るように言っておきますね」

「すみませんエリカ様、よろしくお願いします」

そう言ってメイドたちはルクレス捜しを再開した。

「匿い方うまいな」

「そりゃ、商人ですから。口で負けてられないわよ」


このままではメイドたちに捕まってしまう。

ともかくどこかに隠れよう。

あそこの部屋にしよう。

私は目についた部屋に飛び込む。

「ハア…ハア…」

とりあえず安心…じゃなかった。

目の前にはやつがいた。

「ひ、姫様！　ああ！　ついに姫様から私を訪ねてくれるなんて！　しかもそんなに興奮なさって！」

「いや！　これは違うぞ！　ただ息切れをしているだけだ！　それにここに来たのは偶々《たまたま》だ！」

「照れ隠しですね！」

「ええい！　すまぬ！」

「うぎゃ」

ルクレスはホルストを気絶させると部屋に籠った。

幸い、メイドたちもまさかルクレスがホルストの部屋に行くとは思っていなかったので、逃げきることができた。

その2　魔王より恐ろしいもの

「では、ジョゼちゃんとうちの人のSランク昇格とアベル君のBランク昇格を祝って、カンパーイ！」

「カンパーイ！！！」

俺たちはリセさんの実家の一階にある食堂に集まっていた。

名目は冒頭にリセさんが挨拶した通り、祝賀会となっている。

昇格自体はもう少し前にしていたのであるが、なかなかみんなの予定が合わず、少し遅れてのお祝いとなっていた。

「ジョゼおめでとう」

「エリカさん、ありがとうございます！」

ジョゼは何度も頭を下げる。

さすが数少ないワーガルの真面目枠である。

「アベルもおめでとう」

「いえ、トウキさんが作ってくれた武器のおかげっす。ホントにありがとうございます！」

「しかし、アベルも運が悪い」

「フランクさん、どういうことです？　あと、フランクさんもおめでとうございます」

「ああ、ありがとう。話を戻すと、今や王国の冒険者の戦闘力は格段に上がっている」

「あ、俺のせいですね」

「それで、ギルドの昇格基準も厳しくなったんだ。昔ならアベルもとっくにAランクだろう」

「アベル、そのごめん」

「いいんですよ。難しい方が燃えますし。なにより、トウキさんがいなかったら結局、自分は今ごろ、鳴かず飛ばずの冒険者してましたよ」

「そう言ってくれると助かるよ」

「トウキどのぉ～」

なんだかものすごく嫌な予感がする。

「や、やあルクレス。楽しんでるかい？」

「いえーい！　ほら、トウキどのも飲むのだ！」

「いや、ちょ、ちょっと待って！」

「なんだ！　姫の酒が飲めないのか！」

そう言うと、ルクレスは俺をがっちりと掴み酒を勧めてくる。

女性とはいえ相手はルクレスである。

俺には逃げる術はない。

権力的にも物理的にも。

「けどまさかルクレスちゃんが王族だったなんてね」

魔王討伐後にルクレスが王族であることが公になって、ワーガルの街は騒然となった。

住民総出で王城に詫びを入れに行った方が良いのではないかと本気で議論をしていた。

だが、ルクレスの「私は気にしてはいない。むしろとても楽しかった。これからも変わらぬ付き合いをしてほしい」という言葉で事なきを得た。

今ではワーガルの住民全員がルクレスのファンであり、彼女が王都での生活に疲れたときはちょくちょく匿うという関係が出来上がっていた。

王都の新聞記者もワーガルには近づきたくないようであった。

……別に取って食べたりはしないのに、なぜかビビっていた。

「リセさん、ちょっとあれはなんとかした方が良いのでは？」

エリカがルクレスを指差しながら言う。

そこには服が少し乱れていることも気にせず、トウキにヘッドロックを掛け、ジョゼの服をひん剝いて泣かせている王族がいた。

「そうねぇ。けどお祝いなんだし、少しぐらい、はしゃぎましょう」

俺の最後の記憶は、あられもない姿のルクレスとジョゼを、顔を真っ赤にしながらもガン見するアベルの姿であった。

俺は右腕の違和感によって目を覚ました。

目を開けるとロウソクの炎による明かりが微かに見えるくらいで、部屋が暗い。まだ夜のようであった。

天井が広いことから、宿屋の大部屋に寝かされているようだ。

「うっ…、いってえ…」

頭がガンガンする。あと、なぜか腹部も痛い。

完全に飲み過ぎである。

祝賀会後半の記憶がない。

だが、腕の違和感の正体を確かめたとき、二日酔いなど吹っ飛んでしまった。

な、なんじゃこりゃぁぁぁぁぁぁ！！！！！！

俺は心の中でそう叫ぶと状況を整理した。

右腕には腕枕でフランクさんが寝ていた。

しかも、服が乱れている。

この状況はこの上なくやばい。

作り直した聖剣を役人に提出したときよりもやばい。

魔王の魔法すら効かない嫁とフランクさんを溺愛するリセさんを相手にするだなんて、想像しただけでやばい。

どうすればいいんだ。

俺は悩みながら、ふと左を見る。

あ、これはダメだわ。

隣のベッドで寝かされていたジョゼと目が合ってしまった。

「や、やあ、おはようジョゼ」

みるみるうちにジョゼの顔が赤くなり、涙目となる。

「そ、その、とりあえず、落ち着いて話そう、な?」

俺は祈るようにジョゼに話しかける。

「キ、キャアァァァァァァーーーーー!!!」

それだけ言うとジョゼは部屋を出て行った。

「ま、待ってくれ!」

追いかけようにも、右手が抜けない。

こんな状況でも爆睡しているとは、さすがフランクさんだ。

ああ、ここまで生き延びてきたけど、これでお終《しま》いか。

波瀾万丈の人生だったけど、聖剣を解体したことは全く後悔してない。

楽しい人生だった。

「最後にエリカに殺されるなら幸せか」

「なんで私があんたを殺さなきゃならないのよ」

「エ、エリカ!」

知らぬ間にエリカがベッドの脇に立っていた。

「ジョゼが叫びながら飛び出してきたから様子を見に来たのよ」

「信じてくれエリカ！　俺は何もしてない…たぶん。なにより俺が愛しているのはお前だけだ！」

「な、なにを突然言い出すのよ！　恥ずかしいじゃない！」

「あらあら、エリカちゃんは幸せね」

そう言いながら部屋にリセさんが入ってくる。

「リセさん！　俺は何もしてないんです！　本当です！」

「大丈夫ですよ知ってますから」

「は？　え？　どういうこと？」

「なにも覚えてないの？」

エリカが深刻そうに尋ねてくる。

「うん」

「本当に何も覚えていないのね？」

「ああ、そう言っているだろう」

「あのね。祝賀会でルクレスが酔っぱらって、トウキとジョゼを潰したのよ」

「確かに酔っぱらったルクレスはすごかったな」

「で、フランクさんにベッドまで運んでもらったんだけど、そのままフランクさんも寝ちゃってね」

「それがこの状況か」

「そういうこと」

「はぁー、なんだよかったたぁー」

俺は安堵する。

「まあ、仮に間違いがあったら、さっきトウキが言ったように私がとどめを刺してあげるわ」

「おいおい、勘弁してくれよ」

「さ、もう一眠りしましょ。眠いし」

そう言うと、エリカは何か言いたげなリセさんを急《せ》かすように追い出した。

「って、おい！　この状況はどうするんだよ！」


祝賀会後半にはジョゼは既に潰れてぐうぐうと寝息を立てて寝ていた。

「トウキ！」

「なんですかトングさん」

「せっかくの機会なんだから、エリカに思いを伝えたらどうだ！」

「おお！　いいですなぁ！」

「ちょっとトウキ、酔い過ぎよ」

「まあまあ、エリカちゃん、いいじゃない。さあ、トウキ君どうぞ！」

「リセさんも煽らないでくださいよ！」

「エリカー！　好きだー！　愛してるぞー！」

「はいはい。わかったから、次は酔ってないときに言ってちょうだい」

「ちょっとでも長く櫛で髪の毛を梳いてもらうために、毎晩ワザと風呂上がりに髪の毛をぐしゃぐしゃにしてるエリカはとってもかわいいぞー！」

「ちょ、は!?　あんたなんで知ってるの!?」

「ふふふ、それだけじゃないぞー！　なんと、こっそりと寝てる俺のズボンを下げ、ゲフッ！」

ドサッ
「あらトウキったらお酒の飲み過ぎかしら。寝ちゃったわ」

「そうか。エリカはトウキの寝込みをおそ、グフッ！」

ドサッ
「まあフランクさんも寝ちゃったわ」

エリカは他の参加者を見る。

「じ、自分はリセさんと話をしていたのでよく聞こえなかったっす！」

「え、ええ。ほんとこれからってときに急に寝ちゃうなんてトウキ君もうちの人もだめね。あはは……」

「私は酔っぱらってよく覚えてなかったぞエリカ殿。いやー、お酒は怖いな」

「ルクレス」

「な、なんだ」

「三人を運ぶの手伝ってくれるわよね？」

「もちろんだ！」

その３　最強？の鍛冶屋

「ねえトウキ」

「ん？」

「これ、どうするのよ」

「どうするかなぁ」

「さすがに王家に報告しないとヤバくない？」

「だよなぁ」

「あんたホントどうなってるのよ」

「やりすぎだよなぁこれ」

朝日が昇る時間帯、俺たち夫婦はある製作物を目の前にして頭を抱えていた。

聖剣を作製したことによって鍛冶の腕前はとうとうランク30という前人未到の領域に達していた。

昨晩エリカと二人で晩酌をしているとき、つい悪ノリで、「今の腕前で素材にこだわってガチの日用品作ったらどうなるんだろね」なんて会話をしたのが間違いだった。

そこからはもう、深夜のテンションに酒も入って、手元にある高級素材を手当たり次第に試しては鑑定し、試しては鑑定し、「なによこれー！」などと言ってはしゃいでいた。

そして夜明けごろ、ミスリルとオリハルコンの合金に聖剣で余った宝石を使って作製した、一つの物品の鑑定結果に俺たちは正気に戻った。

【英雄殺しのフライ返し】
攻撃力　1000　防御力　1000　重量削減（極大）
耐久性（永久）　裏返し（完璧）　黄身保持（完璧）　対英雄（確殺）

「とりあえず、使ってみなよ」

「そうね。ちょうど朝食の時間だし」

エリカが台所に移動する。

「すごいわ。目玉焼きの黄身が潰れることなく、お皿に盛りつけられたわ」

「わー、これでいつでも半熟が食べられるね」

「見て、パンケーキもくっつかないわ」

「おー、主婦必見だね」

「……」

「……」

「ねえ、触れなさいよ」

「なにに」

「最後の能力に決まってるでしょ」

「エリカ」

「ん?」

「これはなかったことにしよう」

「それがいいわ」

「食事が終わったら溶かしてしまおう」

エリカがフライ返しを台所に置いて食事を運んでくる。

攻撃力1000や防御力1000など、もはやいつものことである。

その他の能力も問題ない。

だが、対英雄(確殺)ってなんだよ。

そんなもん持ってたら国家反逆もいいところじゃねえか。

ルクレスを殺すなんて俺にはできません。そもそも殺す理由もないし。

「ふむ。これがトウキ殿の新しい日用品か」

突然声がする。

恐る恐るそちらを見ると、何食わぬ顔で台所にルクレスがいた。

その手にはフライ返しが握られている。

ああ、そういえば聖剣を持っていると足音が聞こえなくなる副次効果があるんだった。

「ぎゃぁぁぁぁぁぁ！　ルクレス！　今すぐそいつをこっちに渡すんだ！」

「そうよ！　早くトウキに渡して！　お願い早く！」

「何をそんなに慌てているのだ」

「いや、ホントそれマジでヤバいから！　そうだ、ルクレスの欲しいものならなんでも作ってやるから。だから返して！」

「おお！　本当か！　何にしようか」

そう言いながらルクレスはフライ返しをクルクルと回している。

俺の作った日用品は攻撃の意思を持って使用しない限り、あのトンデモない攻撃力は発揮されない。

普段使いならなんの問題もない。

だが、能力は違う。

あれは基本的に常時効力を発生させている。

フライ返しの柄の部分以外が体に当たればどうなるかわからない。

「まずはそれをこっちに渡してくれ！」

「むう。そこまで言うのなら返そう」

ルクレスが俺にフライ返しを手渡そうとする。

「「あっ」」

受け取ろうと伸ばした俺の手とルクレスの手が当たってしまい、フライ返しが落ちる。

フライ返しは一直線にルクレスの足の甲を目がけて落ちていく。

ああ、ルクレス。すまない。

先にあの世で待っていてくれ。処刑されたらすぐそっちに行って土下座でもなんでもして謝罪するから。

「とりゃぁぁぁぁぁ！　セ、セーフ！」

間一髪、エリカがルクレスの足に抱き着くようにヘッドスライディングをして、背中でフライ返しを受け止めた。

「よくやったエリカ！」

俺は急いでフライ返しを摑むと、そのまま工房に持って行ってとっとと溶かした。

俺たち夫婦はしばらく禁酒することにした。

外伝　エクストラ編

貧乏

ルクレスたちが魔王を討伐してから三年が経過していた。

王国はとても平和で特に大きな問題が起きることもなく、日々楽しくどんちゃん騒ぎをして暮らしていた。

…が、ここのところは重大な問題が我がエルス伯爵家を襲っていた。

「ねえ、トウキ」

「なんだい」

「あんた最後に炉に火を入れたのいつよ」

「ルクレスがお情けで大して摩耗してない雷虎のメンテナンスを頼んできたときだから、一か月前かな」

「次はいつなのよ」

「多分そろそろ、ローテーションでフランクさんがメンテナンスに来てくれるはず」

「なにか新作はないの」

「発明してくれよ。そしたら作るからさ」

「「はぁーっ」」

魔王討伐後も俺の作る日用品は飛ぶように売れ、エリカの実家も大儲けであった。

ワーガルへの観光客も増加して、街全体がまさに勇者バブル状態であった。

それも今は昔の話である。

異変に気が付いたのは、魔王討伐から半年くらい経過したときである。

それまで並べば売れていたエリカの店で、少しずつ在庫が発生し始めたのだ。

山のようにあった各地の商店からの注文も減って行った。

理由は至って簡単であった。

そう、俺の作る日用品は耐久性がとんでもないことになっているから、買い替える必要がないのだ。

つまり、一度買ってしまえば再度買い直す必要がなく、ある程度行き届いてしまえば、客は来なくなるのだ。

これに気が付いてからは、一心不乱に新製品を作りまくった。

作れば売れ、作れば売れ、そして、鍛冶屋として作れる新製品のストックが尽きたのが、一年ほど前である。

それらを売りきった結果、連鎖的に俺の仕事もなくなった。

今では隣の道具屋に行くのは消耗品を買いに来る人ぐらいとなっていた。

普通の商店なら消耗品を売るので収入としては十分である。

むしろギルドのおかげで消耗品を売るだけでもそれなりの儲けはあった。

ところが、エルス家は伯爵家としてワーガルを治めており、行政の費用や王都への上納など、お金が必要である。

普通の貴族は広大な領地に複数の都市があり、収入は安定している。

ところが、エルス家はワーガルしか領地がない。

太っ腹に三分の一にした税金も多少の増額をしたが、それでも窮地に立っていた。

勇者熱もそのころにはすでに冷めており、ワーガルの人々に高額の税金を請求することなんてできなかった。

そもそもそれでは、元のカフン伯爵と同じである。

あれだけあった貯えもどこへやらである。

エリカのおやじさんはしょっちゅう王城に嘆願書を出して、ルクレスの口添えで税金を猶予あるいは減税してもらっていたが、それにも限界がある。

「トウキ」

「なんだい」

「このままじゃ、エルス家はお取り潰しで、ワーガルはまたカフン伯爵領に戻ってしまうわ。そしたら、あのボンボンに今度こそ私は襲われるのよ。ああ、なんということなの…」

「おい。悲劇のヒロインはいいけどな、何か考えようぜ。俺だってお前をあのクソ野郎に渡すつもりはないいんだ」

「トウキ…」

「エリカ…」

「やはり、二人はいつ見ても仲が良いな。うんうん。良いことだ」

「何当然の権利のように人の家に入っているんだよルクレス」

「細かいことは気にするなトウキ殿」

「いい雰囲気だったのに…」

「ははは。それはすまなかったなエリカ殿」

「で、今日はなんの用事なんだ。雷虎のメンテナンスはこの前しただろ」

「ふふふ。二人にとっておきの話を持ってきたのだ」

「「とっておきの話？」」

「とりあえず、ギルドへ移動しよう」

俺たちはルクレスに促されるまま、ギルドへと向かった。

とっておきの話

ワーガルのギルドは今やリセさんの宿屋と共に、この街の経済の中心となっていた。

と言うのも、昇格基準の厳しい王国において、三人しかいないSランク冒険者が全員所属しており、彼らを筆頭に、依頼に来る人間はあとを絶たない。

そして、冒険者や依頼者が宿泊するのがリセさんの宿屋である。

気が付けば、この三年間でギルドと宿屋が合体した王都のホテルみたいな外見の建物に改築されていた。

「いつ見てもすごいなぁ」

「ほんとうね。一応うちの店にも拡張計画はあったのよ」

「「……」」

「エリカ。とっておきの話って、冒険者になれってことかな」

「かもしれないわね。もうこの際私たちは貴族の身分を捨てて、冒険者をしましょうか」

「そうだなぁ。そうすれば俺たちは生きていけるな」

「「あはははは…」」

「二人ともなにを勘違いしているのだ。まあいいか。入るぞ」

俺たちは久しぶりにギルドへと足を踏み入れた。

いつぞやの閑散として、俺がシャイアの街の探索をお願いしたころとは比べものにならない光景がそこにはあった。

受付のフロアに併設された食堂では、多くの冒険者がテーブルを囲んで談笑をしている。

いつだったか、所属が百人を超えて大変だとフランクさんが嬉しそうに嘆いていた。

「あら、いらっしゃいトウキ君、エリカちゃん」

ギルドの受付嬢であり、ギルド長の妻にして、齢《よわい》三十歳にして妖艶さを増し、ますますファンを増やしている、例のあの人が話しかけてくれる。

「リセさん、お久しぶりです。すいません、貧乏人はすぐ出て行きます」

「ごめんなさいリセさん、お店には迷惑かけませんから。足を踏み入れた夫と私を許してください」

「な、なんでそんなに卑屈なのよ二人とも」

「リセ殿、このままでは埒《らち》が明かない。例の発表をしてくれ」

「ええ、わかったわ」

そう言うと、リセさんは一枚の巻物を手に、受付の横にある一段高くなった、舞台のようなところに登る。

「えーと、ギルドの皆さん聞いてください」

リセさんがそう告げるもなかなかギルドの喧騒は収まらない。

「みなさーん、お静かにお願いします」

それでも静かにならない。

リセさんが俯いてしまう。

カチカチカチカチカチカチカチカチ！

突然鳴り響く金属音を聞いた途端、ギルドの喧騒はピタリと止んだ。

冒険者はみんな顔が青ざめていた。

うん。あの人だね。

「では、改めてお知らせです。このたび、王都で武闘大会が開かれることとなりました！　なんと優勝賞金は五千万Ｅです！」

そう言ってリセさんは持っていた巻物を広げる。

どうやら武闘大会のポスターだったようだ。

「「「うおおおぉぉぉぉぉ！！！！」」」

ギルド中が大騒ぎになる。

「今から二か月後に地方大会が開かれて、三か月後に王都で決勝大会が開催されます。参加条件は公務員でないことですので、冒険者の皆さんは是非参加してくださいね！　しかも、Sランク三人は決勝大会の警護任務に就きますので、不参加です！」

「「「うおおおおぉぉぉぉぉ！！！！」」」

再び冒険者たちが雄叫びを上げる。

それからしばらくはすごい熱気だった。

あちらこちらで「今から鍛錬をするぞぉ！」「五千万Eでなにしようかしら」「この大会で優勝したらあの子にプロポーズしよう」などなど、興奮気味に話す者があとを絶たなかった。

「なあルクレス。もしかして、とっておきの話ってこれか？」

「ああ、そうだ」

「ありがとうねルクレス。けど、一時金で五千万Eを貰っても、どうしようもないのよ。あなたのやさしさだけ、ありがたくもらっておくわね」

「ええい！　エリカ殿、手を握りながら、そんな慈愛に満ちた目で私を見るな！　リセ殿、副賞を告げるのだ！」

「あら、私ったら忘れていたわ。皆さん！　副賞は、王家が実行可能な範囲での願い事一つですよ！」

それ副賞なのか？

・商機

副賞の発表があってからはもう、ギルドはお祭り騒ぎであった。

結局、ルクレスたちと落ち着いて話ができるようになったのは、深夜になってからだった。

「トウキさん、どうぞ。エリカさんも」

「ジョゼ、ありがとう」

最近は花嫁修業のためと言って、ジョゼは暇なときは宿屋で働いている。

リセさんと二枚看板娘になっているそうだ。

「トウキ、少し痩せたんじゃないか？」

四十歳になっても衰えることを知らない肉体をしているフランクさんが心配してくれる。

「ははは。そういえばアベルはどうしたんですか」

「アベルは今は依頼でな」

「そうなんですか」

ふむ。最近工房の前をやたらと行ったり来たりしていたから何事かと聞こうと思っていたのだが、いないなら仕方ない。

「それでルクレス。武闘大会ってなんだ？」

「うむ。三年前に貴族同士の戦争を禁止してから、貴族の間での揉め事は決闘で決めることが主流となってな。そのうち、武を競う者が現れたのだ。貴族の中には一般人も巻き込んで私的な大会を開く者まで現れたのだ」

「なるほど。それでこのほど、王国主催で開催するわけか」

俺は改めてポスターを見る。

「ん？　この大会、『ルクレス杯』というのか」

「…めて…れぇ」

「どうした、プルプル震えて？」

「恥ずかしいから、やめてくれと言っているのだ！」

顔を真っ赤にして涙目である。

「よいか！　これからの会話でも『武闘大会』と呼ぶぞ！　いいな！」

そういえば、王族的なことが苦手なんだった。

「で、武闘大会では副賞があると」

「その通りだ」

「なるほど。こいつで未来永劫《えいごう》エルス家を免税してくれと頼めばいいんだな」

「そういうことになるな」

俺たちは久しぶりの明るいニュースにホクホクしながら工房へ帰った。

「エリカ、俺は良いことを思いついたぞ」

「え、なになに」

「ごにょごにょごにょ」

「トウキ！　あなたさすがだわ！」

「早速、なけなしの金をかき集めて新聞広告を出すぞ！」

「了解です！　トウキ隊長！」

数日後の昼過ぎからは、エリカの店に在りし日の賑わいが戻っていた。

「ぐふふふ。トウキ」

「おい。さすがに夫の俺でもその顔は引くぞ」

「だって久しぶりの大繁盛なんだもん！」

「はいはい。俺は製作作業に戻るからな」

「わかったわ。私は店番を頑張るからね！」

今朝の新聞に載せた広告の効果はばっちりだったようだ。


『武闘大会に向けて日用品をアップグレードしよう！』

皆さん、ついに始まる武闘大会！

ライバルに差を付けたくないですか？
そんなあなたに朗報です！
今ならなんと！！！
旧式の日用品を持ってきていただければ、
最新式の日用品をお得な値段で販売いたします！！！
こんなチャンス二度とありません！
この機会に当代一の鍛冶師トウキの作る逸品を手にしてはいかがですか？

地方大会

武闘大会までの二か月間は大忙しだった。

各地で開催される地方大会に出場する人間は老若男女を問わず多く存在しており、トウキの最新式日用品を持っていないと話にならなかった。

そのため、王国中から買いに来る人が殺到し、プチバブルとなっていた。

雑貨屋や服屋、カフェのおっちゃんたちも、泣いて喜んでいた。

「げへへへ」

「ぐふふふ」

「トウキよ。お主も悪よのぅ」

「いやいや。エリカ様ほどではございませんよ」

「「がははは！」」

鍛冶屋夫婦はここのところずっとこんな感じである。

ここまで有頂天になっているのは、もちろん、莫大な売上が発生したこともある。

だが、それ以上に免税を勝ち取るべく秘策を引っさげていたのも大きかった。


そして迎えた、地方大会当日。

会場に現れたエルス家を見て、大会の参加者は心をひとつに叫ぶ。

「ずるいだろおおおおぉぉぉぉぉぉぉ！！！！！！」

手にはショートソード、ビキニアーマーを装備し、左手の薬指にはキラキラと輝く指輪をした女が現れたのである。

そう。なんのことはない。

他人に売りつけた日用品を上回るガチ装備で全身を固めて、エリカが出場してきたのである。

「な、なあエリカ、トウキ君。周りの目に耐えきれないのだが…」

「お父さん、何を言ってるのよ。こっちはお家の運命が懸かっているのよ。形振《なりふ》りなんて構ってられないわ」

「その、辛かったらおやじさんは帰宅してくれていいですよ。俺たちはこういう視線には慣れているので…」

「すまない。トウキ君。お言葉に甘えさせてもらうよ…」

「さあ、行くわよトウキ」

「ああ、必ず我が家で免税を勝ち取ってやるぜ」

「え、えーと。ルールを説明します」

北部地方大会の司会を任されたリセさんがエリカを見ながら、震える声で説明を始める。

「まず、身体への攻撃は良いですが、殺傷は禁止です。勝利条件は相手の戦意を削ぐ、相手の武器を使用不能にする、相手が降伏する、など審判が勝利と判定することです」

「本日の審判を務めるフランクだ。よろしく頼む」

「それでは、始めます」

もう早く終わってくれと言わんばかりのリセさんの態度であった。

ついに地方大会が始まった。

が、結果は火を見るより明らかであった。

装備の差を自身の技術やスキルで埋めることはできるが、如何《いかん》せん装備の差が大き過ぎた。

対戦相手の攻撃は全くエリカには通じない。

しかし、エリカの攻撃は軽々と相手の日用品を破壊していく。

決勝戦に至っては、戦っても勝てないと相手が降伏してエリカの不戦勝で終わった。

「なあジョゼ」

「なにアベル君」

「俺たち応援に来た意味あったのかな」

「そ、そうだね…」

「むしろ、あれって応援していいのか」

「せめて敵にはならないであげようよ。トウキさんたちも必死なんだよ」

「そうだな」

「ほ、ほら、私たちお世話になってるんだから」

「確かに、お世話になってるしな」

「帰ろうか」

「帰るか」

アベルがチラッと見ると、観戦に来ていたルクレスも頭を抱えていた。


帰宅した俺たちは家族三人で祝賀会を開いていた。

ジョゼたちも誘ったのだが、断られた。

「やったわね」

「ああ、決勝大会もこの調子で頼むぞエリカ」

「もちろんよ。必ず免税を勝ち取ってやるわ」

「よし。残り一か月。今日の戦いを踏まえて装備の調整だ！」

「了解であります！」

エリカはビシッと敬礼してみせる。

たくましくなった娘の姿に、嬉しいやら悲しいやら、よくわからない涙を流す、道具屋の店主であった。

ルクレ……武闘大会

『いよいよ初の武闘大会、第一回ルクレス杯始まる！』

王国内で高まる、武を競う風潮を受けて開催が決定した武闘大会がいよいよ始まる。

武を競う大会である今大会は、魔王を打倒した今代の英雄ルクレス姫の名前にちなんでいる。

一か月前から各地では熱戦が繰り広げられていたが、いよいよ明日、王都郊外に建設された、ルクレス記念競技場において決勝大会が開催される。

優勝して賞金五千万Eを勝ち取り、王家への願い事をする権利を手にするのは誰なのか。

弊社のある王都はすでに熱狂に包まれ、お祭り騒ぎである。


エリカを含む東西南北中央の地方大会を勝ち抜いた五人の出場者が決定し、いよいよ明日、決勝大会が開かれることとなり、俺たちは王都に来ていた。

「いや、ルクレス。助かったよ。宿泊場所がどこもいっぱいだったから」

初めての武闘大会ということもあって、観光客も多く来ており、王都の宿泊施設はどこもいっぱいとなっていた。

事前に予約をしていなかった俺たちは途方に暮れていたが、ルクレスが王城の空き部屋に泊めると言ってくれた。

泊めてくれると言ったルクレスはどこか嬉しそうであった。

「ふふふ。トウキ殿とエリカ殿も少しは私のことを敬うがいい」

俺は土下座スタイルになる。

「ははあ。ルクレス様の慈悲深さに、エルス家一同は心から感服しており、姫様のような方と誼《よしみ》を通ずることができ、臣下として…」

「ええい、やめんか！」

「うん。ルクレスの芸のキレは健在だね。私安心したわ」

「エリカ殿、私は芸人ではないのだが。一応王族なのだが、なあ」

そう言いつつも、久しぶりにトウキたちと遊べて満更でもない姫様であった。

「あ、そうそう」

「うん？　なんだ？」

「これにサインくれよ」

俺は最近王国で発売され爆発的大ヒットを記録しているルクレスの似顔絵集を差し出す。

中には妄想力豊かな紳士が描いた架空の水着絵画まで存在している。

国王もよくこんなの許可したなぁ。

おかげで王家への忠誠はさらに上がったそうだが。

「な、な、なんでこれを買っているのだ！」

俺から似顔絵集を取り上げると、破り捨ててしまった。

「なんてことを！」

「目の前に本物がいるだろう！　なぜ必要なのだ！」

「ねえ、ルクレス」

「なんだエリカ殿」

「私もいいかな？」

ルクレスの美しさから意外にも女性の購入者も多いそうだ。

「こんなもの！　こうしてやる！」

ルクレスは雷虎と聖剣を二刀流にすると、エリカから取り上げた似顔絵集をみじん切りにしてしまった。

その後もワアギャア騒ぎながら前日を過ごした。

そういえば、こういうときに出てくるあいつに出くわさなかったな。

「さてみなさん！　ついに第一回ルクレス杯が開催されます！　今日のために地方大会を勝ち抜いた猛者の皆さんには熱い戦いを期待しましょう！」

「ワアアァァァァァァァア！！！」

司会のお姉さんが拡声魔法で競技場全体に開催を宣言すると、地鳴りのような大きな歓声が沸き起こる。

今日のために建設した王都の外れにある競技場はとんでもない熱気に包まれていた。

みな顔を紅潮させながら、声を上げている。

司会が「ルクレス杯」と言うたびに、俯いて顔を紅潮させている王族が貴賓席にも一人いるが、一般席にいる俺にはどうしようもない。

貴賓席にはアベルとジョゼのSランクコンビが護衛としていた。

「それでは、決勝大会の出場者には紹介と共に入場してもらいましょう！」

「ワアアァァァァァァ！！！」

「まずは東部代表のムナカタさんです」

司会の紹介に合わせて出場者が競技場の中央へと歩いて行く。

競技場の端ではトングを持った中年の男性が睨みを利かせている。

「続きましては、北部代表エリカ・エルス伯爵令嬢です！　エリカ氏はなんと、決勝大会唯一の女性出場者です！　一説にはルクレス様と共に戦ったこともあると言われていますが、果たして実力のほどは！」

紹介されながらエリカが競技場の中央へと歩いて行く。

「おいおい。あのねえちゃん、普通のソードじゃねぇか」

「北部の奴は貧乏でトウキさんの日用品買ってないのか？」

「おい！　馬鹿野郎！　あの人はトウキさんの嫁さんだぞ！」

「「ほえぇぇぇ！！！」」

なんて会話が聞こえてくる。

「それとさ、あの東部代表のやつ」

「ああ。全身をマントで隠しているから武器が何かわからねぇな」

「もう戦いは始まっているのか」

「ここまで来る人間てのはすげえなぁ」

「では最後の出場者を紹介します！　中央代表、ホルスト・シュミット侯爵です！　筆頭宮廷鍛冶師を務めるホルスト氏がなんと強豪ひしめく中央を勝ち抜いて、この決勝大会に出場してきました。自ら作製した防具を身に纏っています。しかし！　注目すべきはなんといっても、手にしている武器です！　トウキ製品を握っています！」

あー、ホルスト。お前の副賞の使い道はなんとなくわかるわ。うん。ルクレスは二十三歳にして未だ独身だしな。愛の前ではプライドを捨てられるお前のこと、俺は嫌いじゃないよ。うん。あと、シュミット家ってめっちゃ偉かったんだな。

「全員出そろったところで、ルールを説明します。基本的には地方大会と同様ですが、五人で一斉に戦ってもらいます。いわゆるバトルロワイヤル形式です。皆さん、よろしいですか」

五人の出場者はうなずく。

「それでは、開始します！　皆様、ご一緒に！」

「5！！！！」

「4！！！！」

「3！！！！」

「2！！！！」

「1！！！！」

「スタート！！！！！」

開始の合図と共に、マントで全身を包んだ東部代表が一直線にホルストに向けて突撃する。

それを見て、エリカは残りの二人を始末しに行く。

「おいおい。マントの男を見ろよ。どんな武器かと思ったら、剣じゃないか」

「なんだ。トウキ製品がないから恥ずかしくて隠してただけか」

「こりゃシュミット侯爵が勝つな」

周りはそんな会話をしている。

が、一部の人間の見解は違った。

マントの男の武器は刀であった。

あれは、文献から俺が作製した雷虎しかないはずだ。

それを持っているなんて、奴は何者なんだ。

ホルストもそれに気が付いたのか、反撃はせず、防御態勢を取る。

「憎きシュミット家の人間よ！　覚悟！」

マントの男はそう叫びながら、刀を振り抜く。

紫のオーラを纏ったように見えるそれは、雷虎や聖剣とは正反対の存在に見えた。

「ぐっ！」

ホルストが苦悶《くもん》の声を上げる。

なんとか一撃を止めたものの、装備に損傷が出ていた。

「私の負けだ。降参だ」

ホルストは震えながら宣言する。

よほど悔しいのだろう。

「降参など認めんぞ！　一度ならず二度も聖剣を作って再び魔王様を討伐させたお前を許すわけにはいかぬ！」

そう言って、降参したホルストに対してマントの男は切りかかる。

あー、なんかあの男、勘違いしてるな。

聖剣作ったの俺なんだけどな。

ガキィン！

金属のぶつかり合う音が響く。

「そこまでだ。既にホルスト殿は降伏している」

止めに入ったのはフランクさんではなく、雷虎を構えたルクレスだった。

「ぐっ、勇者ルクレス！」

そう言うと、男は空高く飛び上がり、東の方へ飛び去った。

なんだったんだ……。

謎の男だけは許さない

第一回ルクレス杯は結局、謎の男の出現により、中止となってしまった。

ホルストと謎の男以外はエリカが倒していたから、俺とエリカは必死に抗議した。

もちろんそんな抗議が認められるわけもなく、この二、三日は王城の部屋で二人仲良く抜け殻のようになっていた。

「ねえ、トウキ」

「うん？」

「呼んでみただけ」

「そうか」

「……」

「なあ、エリカ」

「なあに？」

「いや、特には」

「あらそう」

もはや壊れた機械のようにこのやり取りを繰り返していた。

形振り構わず、ガチ装備で出場した結果がこれである。

これも全部あのわけのわからないマントの男のせいである。

そう考えると、ふつふつと怒りが湧いてきた。

「なあ、エリカ」

「なあに？」

「今回はちゃんと用事あるんだけど」

「なによ？」

「もうさ、恐れるものは何もないんだからさ」

「うん」

「なんとかして、あの野郎に鉄槌《てっつい》を食らわせてやらないか」

俺の提案を聞いたエリカの目には闘志が宿っていた。

「いいわねそれ。あの野郎の○○を引きちぎって、中身を取り出して、お手玉でもしてやりましょう」

「いや、さすがにそこまでは言ってないから」

俺の股間が縮み上がる。

「そうと決まればこんなところにいる場合ではない」

「その通りであります。トウキ隊長！」

「王城を出るぞ」

「はい！」

俺たちは置き手紙をすると、王城をあとにした。


「トウキ殿、エリカ殿、朗報だ！」

ルクレスは勢いよく、トウキたちがいる部屋の扉を開ける。

しかし、そこにトウキたちの姿はなかった。

「なっ、どこに行ったのだ！　まさか…。早まったことをしたのではないか！」

ルクレスは慌てて部屋の窓を開けて下を見る。

もちろんそこに鍛冶屋夫婦の死体などない。

「どこに行ったのだ…」

ふと、机を見ると置き手紙があった。

『ルクレスへ
このたびは武闘大会へのお誘いや、部屋の貸与など大変お世話になりました。
ちゃんとお礼もせずにいなくなる無礼をお許しください。
私たち夫婦は新しい目標を得ました。

あの謎の男を私たち夫婦の手で始末したいと思います。

なので早速ですが、行動することにしました。

なにか手がかりがあれば教えてください。

トウキ　エリカ

P.S.　何度かヒヤッとする場面があったので、夫婦の部屋に入るときはノックをしてください』

「ふむ。これはなんというか。ともかく、二人を追うか」

日頃の仕返しにタイミングを見計らって部屋に突撃していたことがバレていたのだなと知って顔を赤らめる姫様であった。


ここにも一人、抜け殻のようになっている男がいた。

そう、筆頭宮廷鍛冶師のホルストである。

「なんと無様なのだ……。形振り構わずトウキの作品を使い、自分用の防具まで作ったというのに、姫様にお助けいただくなど……」

武闘大会までの数日は、気恥ずかしさで、ルクレスの顔を見ることができなかったホルストであったが、今は情けなさでルクレスの顔を見ることができなくなっていた。

「クソ、なんなのだあの男は」

そうだ、すべてはあの男が悪いのだ。

勝手に今回の聖剣を作ったのは私だと勘違いしおってからに。

それどころか、聖剣を作り出せなかった悔しさまで思い出してしまったではないか。

ただではすまさんぞ！

「あの男は必ず俺が始末してやる！」

ここにもう一人復讐の鬼が誕生した。

金はないが人脈はある

俺とエリカは王城を出ると、聞き込みをしたが、男が東方に飛び去った以降のことは誰も知らなかった。

このまま王都にいても収穫はないと考え、俺たちは一旦ワーガルに帰ることにした。

「こんにちは」

「あらトウキ君にエリカちゃん、こんにちは」

ワーガルに着くとそのまま俺達はギルドを訪れていた。

「な、なんだか二人とも気合十分って感じね」

「ええ、私たち新しい目標を見つけたので」

「新しい目標？」

「はい。武闘大会で暴れた男がいましたよね」

「え、ええ。エリカちゃん、目が怖いわ…」

「あいつを俺たち夫婦で始末することにしました」

「ト、トウキ君が自ら進んで荒事を！」

「そこでなんですが、依頼があります」

先日の日用品で荒稼ぎしておいてよかった。

「なにかしら?」

「今後ギルドで謎の男に関する情報が入ったら教えてもらえませんか」

「そうねぇ…。ちょっと待ってて」

そう言うと、リセさんはフランクさんの下に行く。
二、三言葉を交わすとリセさんは戻ってきた。
「あの人がワーガルのすべてのクエストに副目的として謎の男の調査を付け加えてくれるそうよ」

「あ、ありがとうございます」

「いいのよエリカちゃん。今まで私たちは二人に助けられてきたんだから。これくらいはね。それに、あくまで情報があったらってだけで、お役に立てるかわからないわ。…ってちょっと、二人とも泣かないでよ！」

俺たち夫婦は人の温かさに触れて号泣した。

こんな涙を流すのは初めてなんじゃないか。

俺たちにもまだ人の心が残っていたのか…。

「それではお願いします」

俺たちはリセさんに挨拶をしてギルドをあとにした。

ギルドを去るトウキたちの後ろ姿を見ながら、ギルド長夫婦が話す。

「まさか、あのトウキがこんなことになるとはな」

「そうですね」

「安心しろ。あの二人ならなんとかなるさ」

「ええ。わかっていますよ」

「では、俺は少し依頼に行ってくる」

「いってらっしゃい」

そう言ってフランクは掲示板から王国東部の依頼を取って行った。


「おお！　遅かったなトウキ殿、エリカ殿」

「なんで俺たちより早くルクレスが工房にいるんだよ」

「いや、二人を追いかけねばと思って飛ばして来たからな。二人こそどこにいたのだ」

「ギルドで情報を集めていたんだ」

「ふむ。なるほどな。ところで、二人はあの謎の男を倒すのだな」

「ええ、そうよルクレス。私とトウキでアイツの○○を引っこ抜いて、鉢に植えてやるわ」

俺の股間がまた委縮する。

「エ、エリカ殿！　女性がそのようなことを言ってはいけない！」

姫様は茹で上がったかのように真っ赤である。

「おっほん。実は二人に朗報があるのじゃ」

「朗報？」

「うむ。父上に掛け合ってな。謎の男の討伐で功績を挙げれば、エルス家を免税としてくれるように頼んだのだ」

「ルクレス様！　一生ついていきます！　愛してる！」

「ちょ、ちょっと！　や、やめるのだ！」

俺とエリカはルクレスに飛びつく。

嫌がりつつも嬉しそうなルクレスであった。

「姫様になんということを！　トウキ！　貴様もあの男と一緒に成敗してくれる！」

なんだか今日はいろんな人と絡むなぁ。

工房への新たな乱入者を見てトウキはふとそう思う。

犬と猿だって手を結ぶ

「それで、なんの用事があって来たんだ？」

爆発寸前のホルストをなんとかなだめて、トウキが尋ねる。

「大変残念で、このような切迫した状況でなければ、絶対に嫌なのだが」

「ずいぶんな言い草だな」

「お前に私の武器を作ってほしくてな」

「はい？」

「悔しいが鍛冶師としての腕前はお前の方が上だ。そこで頼みに来たのだ」

「なんでまた武器が必要なんだよ」

「あの男を始末するためだ」

「あの男ってまさか…」

「その通り、ルクレス杯に現れたマントの男だ！　あいつだけは絶対に許さん！」

ホルストの目は復讐の炎に燃えているかの如く鋭く輝いていた。

「ホルスト」

「なんだ」

「俺は今、初めてお前と意見が一致したと思う」

「どういうことだ」

「俺たち夫婦もあの謎の男を始末すべく動いているんだ。野郎には必ず落とし前をつけてもらう」

「トウキよ」

そう言うとホルストは右手を差し出す。

俺はその手をがっちりと握り返す。

「おお！　あの二人が仲良くしてるぞ！」

ルクレスが驚きの声を上げる。

「ホントによかったわ」

エリカは涙を流している。

「ホルスト。必ずお前に最高の武器を作ってやる」

「トウキよ。討伐までの費用は気にするな。シュミット家がすべて面倒を見てやる」

「私も協力するぞ！」

「ひ、姫様！　二度も助けていただくわけにはいきません！」

「私が協力したいのだ。ダメか？」

ルクレスの上目遣いが発動！

ホルストには効果抜群だ！

「ダメではありません！　共に倒しましょう！」

「それでは私と姫様は一度王都に戻り、王都での情報収集に努めるとしよう。王都の牢にはアイツが居ることであるしな」

「ああ、そういえばそうだったな」

「うむ。ホルスト殿の言うように、謎の男は魔王と関係があるのだろう。やつに問うのが一番であろう」

「じゃあ、そっちは任せるよ」

俺は二人を見送る。

そういえば、さっきからエリカが静かだが、何をしているのか。

「おーい、エリカ」

呼びかけても返事がない。

「エリカ、何をしているんだ？」

エリカは黙々と紙に何かを書いていた。

「ああ、トウキごめんなさい。夢中になっちゃって」

「それなんだ？」

「これ？　これはシュミット家に送る請求書よ」

ニッコリとエリカが答える。

ああ、俺とホルストの握手で涙してたのはそういうことなのね。

こいつ、本当にたくましくなったな。

まあ、俺にはこれくらいの奥さんがちょうどいいな。

そう思いながら俺はホルストの武器作製に取り掛かる。

俺とエリカがそれぞれ作業をしていると、工房の扉を開ける音がした。

はて、誰だろう。

お客なわけはないだろうし。

「どちら様ですか」

エリカが対応する。

「エリカさん、俺っす。アベルっす」

「あら、アベル君。どうしたの」

「いえ、その、トウキさんいますか」

「ええ、いるわよ。上がって待ってて」

「ありがとうございます」

「アベル、今日はどうしたんだい？」

なにやら緊張した面持ちのアベルに尋ねる。

「あ、あの、その」

普段はハキハキしているアベルが妙にしおらしい。

「最近工房の前をうろちょろしてたのと関係あるのか？」

「げっ、ばれてたっすか」

「いや、バレバレだったよ」

「トウキさん！」

突然俺の手を掴んでくる。

「は、はい！」

え、なに？　まさか愛の告白!?

「今回の謎の男の討伐、俺も入れてください！　そして、活躍したら俺のお願いを聞いてくださ
い！」

「ま、待て！　俺にはエリカがいるんだ！」

「なんでエリカさんが関係あるんっすか！　ってかなんでエリカさんも顔を赤らめてるんっす
か！」

「い、いや。その、こういう世界があるってのは友達の女の子から聞いていたけど、いざ目にする
と…」

「なに変な勘違いしてるんすか！　別にトウキさんに興味はないですよ！　ただ、作ってもらいた
いものがあるだけです！」

「なーんだ」

そう言うとエリカは請求書作成に戻って行った。

「それぐらいでSランク冒険者が雇えるならお安い御用さ。それで、何が欲しいんだ？」

「それは…。またそのときに言います…」

「俺は別にかまわないが」

腑に落ちないところもあるが、ともかく討伐隊が結成されたことを今は喜ぶとしよう。

あと一歩だったのに

コツコツコツ
王城地下にある牢獄に続く階段を下りる足音が響く。

足音の主は厳重に閉ざされた牢の前で止まる。

「アーネスト殿。生きているか」

「この声はルクレス様ですかな」

「そうだ」

ルクレスは、元Sランク冒険者で魔王復活の罪により投獄されているアーネストを訪ねていた。

処刑しようという意見もあったのだが、アーネストの知識が役に立つこともあろうという国王の判断で牢に入れられていた。

もちろん、アーネストは魔王復活の方法について口を割ることはなかったが。

「未だに信じられん。生きる伝説とまで言われたアーネスト殿が魔王の側近の末裔であったとは」

「いえいえ。魔族であるからこそ、人間界で生きる伝説まで登りつめることができたのですよ。順番が逆です」

「全く。魔族とは厄介なものだ」

「その魔族も、もはや私だけとなってしまいましたがね。あれだけいたのに、勇者にやられてしまった。せっかく復活させた魔王様もあなたたちにやられてしまいました」

「魔王を復活させることができるというだけでも恐ろしいことではあるがな」

「安心してください。今はできませんから」

「されては困る。今日はな、別の話があるのだ」

「ほう」

「そなた以外の魔族の生き残りが見つかったかもしれん」

その一言で、アーネストの死んだ魚のような目に、一気に生気が宿った。

「ほうほう。それは興味深い」

「ムナカタと名乗るその男は先日開催された武闘大会に乱入してきてな」

「ふむふむ」

「魔王の仇《かたき》を取りに来たようであった。それとシュミット家と聖剣に深い恨みを抱いておったな」

「もしや、その男、ルクレス様と同じような武器を持っておりませんでしたか」

「やはり知っているのだな。その通り、刀を持っておった」

「話はそれますが、刀はその男、ムナカタが発明した武器なのですよ」

「なっ！」

「ははは！　これはなかなか愉快なことになっていますね！　しかし、生きていたとはなあ。父上から話には聞いたことがあるが」

「ええい！　いいから本題を話してくれ！」

「取引をしましょう」

「取引だと？」

「ムナカタについての情報を渡す代わりに、私をここから出してもらおう」

「そんなこと！」

冗談ではなかった。

アーネストを釈放すればどうなるかわからない。

その戦闘力で人を襲うかもしれないし、魔王を復活させるかもしれない。

王国はモンスターを防いだが、帝国では大きな被害が出ていた。

帝国とはいえ、人がモンスターに殺されるのは是とはできない。

タッタッタッタ！

ルクレスが迷っていると、階段を駆け下りる音がした。

「姫様！」

衛兵の一人が駆け寄る。

「どうしたのだ」

衛兵はルクレスに耳打ちする。

「なるほど。ありがとう」

「はい」

衛兵を見送るとアーネストに向き直る。

「アーネスト殿よ。残念だったな」

「どういうことですか？」

「ムナカタへの手がかりをムナカタ自身がくれたよ」

「そ、それはどういう…」

「ホルスト殿宛にムナカタから手紙が来たんだ。ではな」

　それだけ言うとルクレスは去って行った。

「ムナカタのクソ野郎！　ふざけやがって！　余計なことをしやがって！」

　一人残されたアーネストは牢獄で怒り狂う。

　また一人、ムナカタに復讐を誓う者が生まれた瞬間であった。

ムナカタ

「これがホルスト殿に届いた手紙か」

「はい。律儀にちゃんと我が国の郵便制度を利用して送ってきました」

「そ、そうか」

「さすがに差出人の住所は調べさせたところ虚偽でしたが」

「中身は見たのか？」

「いえ、まだ中身は見ておりません」

「そうか。では開けるとするか」

ルクレスとホルストは開封して中を見る。

『拝啓
時下ますますのご清栄のこととお慶び申し上げます。
先日はルクレス杯にて、お騒がせをいたしました。
さて、本題に移らせていただきたく思います。
私はシュミット家に対して深い憎悪の念を抱いております。
つきましては、復讐させていただきたく思います。
お手数をおかけいたしますが、お会いしたく思います。
別紙を参照していただけたらと思います。

敬具』

ご丁寧に別紙には集合日時と場所が書かれていた。

「なんだこのやけに丁寧に見せかけた失礼な手紙は」

「さ、さあ。私にもわかりません」

「ホルスト殿のご先祖は何をしたのだ？」

「それが、さっぱりわかりません。私も調べてみたのですが……」

「ふむ。ともかくこの情報をトウキ殿とも共有せねばな」

「はい」

ルクレスとホルストはワーガルに向けて移動した。


一方そのころワーガルでは、フランクが工房を訪ねていた。

「トウキはいるか」

「あら、フランクさん。ちょっと待ってください。トウキ、フランクさんよ」

「あ、フランクさん。どうしましたか」

「いやな。その、お前の捜していた謎の男についてわかったことがあってな」

「おお！　本当ですか！」

「ただな……」

「ただなんですか？」

「う、うむ。トウキたちは時間あるか？」

「ええ、ありますよ。仮になくてもあの男に関することなら無理矢理でも時間作りますよ」

「そ、そうか。じゃあ、すまないがついて来てもらえないか。実際に見てもらった方がいいだろう」

「わかりました。今すぐ行きましょう！」

俺とエリカはフランクさんについて王国東部の街を訪れることにした。

「あれなんだが…」

フランクさんに連れられて俺たちはワーガルから数日の街に来ていた。

「な、なんですかあれは？」

「ムナカタの店だそうだ」

そこには『ムナカタ工房』と看板が掲げられた建物があった。

「あんたら、ムナカタさんに用事かい？」

店の前で呆然としている俺たちを不審に思ったのか街の老人が話しかけてくる。

「え、ええ」

「そうかい。じゃが、残念じゃったな。今ムナカタさんは用事があるとかで工房を空けているのじゃ」

「そうなんですか。ところで、このムナカタさんとはどのような人ですか」

「ムナカタさんは昔からここで鍛冶屋をしておる人じゃ。わしが子供のときにはあったのう。ムナカタさんは、それはそれは良くしてくれている」

「具体的に教えていただけませんか」

「最近じゃと、貧乏なわしらにもトウキ製品と同じような日用品を作ってくれたのう」

アーネストといい、ムナカタといい、魔王の関係者は人間界に馴染み過ぎなんじゃないか。

それに、このおじいちゃんのムナカタを慕う顔を見ると、復讐し辛いじゃないか。

なるほど、フランクさんが見せたかったのはこういうことか。

「色々教えていただきありがとうございました」

「いやいや。いいのじゃよ」

俺たちはムナカタの工房をあとにした。

「はて、そういえばムナカタさんはいくつなのじゃろうか」


「どうするよエリカ」

「そうよねぇ…。ちょっとさすがの私もねぇ…」

帰りの馬車で俺たちは今後について話していた。

あのあと、街でムナカタについて聞いて回った。

「ムナカタさんはいつもタダで農具を修理してくれるんですよ」

「モンスターが出たときもムナカタさんが倒してくれるので助かってます」

「あの人は、飢饉《ききん》のときはどこからともなく食べ物を買ってきて分けてくれたこともあったのう」

「あのね。ムナっちはね。いっつもね。わたしたちと遊んでくれるの！」

「そういえば、ムナカタさん。ルクレス杯で優勝してこの国の貧しい人たちのためのお願いをするって言っていたなぁ」

俺たちなんかよりよっぽど善人じゃないか！

積年の恨み

私とホルスト殿はトウキ殿の工房を訪ねたが、留守であった。

ホルスト殿は、「肝心なときに武器がないではないか！」と怒っていたが。

指定された日時まで時間がないため、ワーガルのギルドでジョゼ殿を雇ってホルスト殿と二人で行くこととした。

ホルスト殿と二人でいるのはなんとなく嫌だった。

いや、ホルスト殿は悪い人ではないし嫌いではないのだが、ときどき視線を感じて辛い。

「すまないなジョゼ殿。急な依頼に応えてもらって感謝している」

「いえいえ！　とんでもないです！　私もトウキさんたちのお役に立ちたいと思っていたので！」

「そう言ってもらえると助かるよ」

「は、はい！」

ジョゼはほんのり頬を赤らめる。

初めてピナクル山で一緒に冒険してから、ジョゼはルクレスの大ファンであった。

似顔絵集も観賞用、保管用、配布・布教用に数十部買っていた。

正直、トウキの役に立つというのも建前で、ルクレスと冒険がしたいだけであった。

「ジョゼ殿」

ホルスト殿が静かに呼びかける。

「なんですかホルストさん」

「（愛しの）姫様は渡さんぞ」

「え、えっと。よくわからないですけど、（ファンとして）負けません！」

ひっそりと全く噛み合っていない戦いが始まった。


ルクレスたちは指定された森に到着する。

そこには既にムナカタが佇んでいた。

「これはこれは、御足労いただきありがとうございます。そちらの女性は…」

「ジョセといいます。ルクレスさんに雇われまして」

「ああ、そうでしたか。初めまして」

「いえいえ。こちらこそ」

ムナカタとジョゼはお互いにペコペコと頭を下げる。

これが武闘大会で暴れた男と同一人物なのかとホルストは疑いたくなる。

「すまないがムナカタ殿。ホルスト殿、いやシュミット家に対する恨みというのはなんなのか教えてもらえないだろうか」

「ああ！　今のシュミット家の方は知らないのですね。これはこれは失礼しました。これでは復讐する意味もなくなってしまいます」

ムナカタは頭を下げて謝罪しながら、対応する。

「いや、頭を下げられても困るのだが…。ともかく、私の先祖とはどういう関係なのだ」

「これは今から数百年前のことでございます。魔王様と魔王様率いる魔王軍が人間界を支配しようとしていたころのお話です。私はそのころ、魔王軍の鍛冶師をしておりました」

しみじみと空を見上げながらムナカタは話し出す。


「ムナカタよ。お主の作り出す武器は素晴らしいな。この刀という武器は特に素晴らしい」

「もったいなきお言葉です」

「ふむ。東方で迫害されていたそなたを魔族として魔王軍に引き入れたことは正解であったな」

「今の私がいるのは、魔王様のおかげでございます」

「うむ。これからも頼むぞ」

私は自分の腕を認めてくださる魔王様のために更なる武器を作ろうと努力しました。

そして、研究に研究を重ね、鍛錬に鍛錬を重ねた結果、私は究極の剣を作る方法を発見したのです。

私はすぐに設計図を書き、製作に取り掛かりました。

ただ、製作は難航し、思うように作ることができませんでした。

そんなある日のことです。

部下の一人が血相を変えて私の下へ飛び込んできます。

「な、なんだと…。魔王様が勇者に倒されただと…」

天地がひっくり返るかと思いました。

「そんなバカな！　人間側に魔王様を倒せる武器など存在しないはずでは！」

「そ、それが、聖剣エクスカリバーと呼ばれる武器を作り上げたそうです！」

「なんだって！」

私は部下に、聖剣について詳しく尋ねました。

「嘘だ…。私の設計に近いだと…」

そういえば、最近部下の一人を見ません。

「あいつはどうしたのだ？」

「えっと…、その。勇者側に寝返ったとのことです」

私は確信しました。

その部下が情報を持って寝返ったのだと。


「それから私は調べに調べたのですよ。そしたらやはり、私の部下が情報をシュミット家にリークしていました。シュミット家の人間が設計を対魔王様に変更した結果生まれたのが、ルクレス様が腰に差している聖剣です」

「な、なんと！」

「具体的には、魔界で採れる宝石を人間界で採れる宝石に変更したのです」

「なるほど。それで我がシュミット家に恨みを持っているのだな」

半分八つ当たりのような気もするが、自分の設計が盗まれたうえに、それを利用して敬愛する人物が殺されたとなると、誰かを恨まずにはいられないのだろう。

「あ、あの」

「なんですかジョゼ様」

「どうしてムナカタさんは今ごろ復讐を？」

「復讐をしたくともできなかったのですよ」

「というのは？」

「人間側には聖剣があり、私には対抗する手段がありませんでした」

「なるほど」

「ところが、ついに僥倖が訪れます。そう！　聖剣の力が弱まったのです！」

「そ、それがどうかしたんですか？」

「聖剣の力でこの世界と魔界は断絶されていました。ところが、聖剣の力が弱くなったことで、当時ほどではないですが、魔界との行き来が可能となりました」

「そ、そんな秘密が！」

「実際モンスターが凶暴化したり、普段はいない強力なモンスターが出現したりしていたと思います。あれは魔界とのつながりが原因なのですよ」

のちにこのことを聞いたトウキは、服が吸収できない量の汗をかいて、白目を剝いていた。

「聖剣の力の弱まったその隙に私は試作に必要な宝石をかき集めました」

「な、なるほど」

「そんなとき、さらなる僥倖が訪れます！　なんと魔王様が復活なさったのです！　私はついに数百年ぶりに使命を果たすことができる喜びに震えていました。震えているうちに魔王様は再び聖剣で討伐されました」

「あ、あー」

その場にいたジョゼとしてはどう応えていいのかわからなかった。

「私は先日ようやく【妖刀・村正】を完成させましたが、時すでに遅しでした。もうこうなった以上、一度ならず二度までも私の設計図を利用したシュミット家に復讐を果たすしかない！」

「そのことなのだがな」

「なんですか」

「今回聖剣を作ったのは私ではないのだ」

「へ？」

「どうしますか？」

今現在ムナカタはホルストに頭を下げている。

「このたびは勘違いでホルスト様には大変なご迷惑をおかけいたしました」

「いやいや、調子が狂うからやめてくれ」

なんだか復讐しにくくなってしまったではないか。

「もしよろしければ、今回聖剣を作った人を教えていただけたらと思います」

「ああ、ワーガルの街のトウキだ」

「ありがとうございます。よろしければ、そのトウキとやらに復讐したいので、この場は見逃していただきたいのですが……」

「それはできぬ。トウキ殿に危害を加えることを承知で見逃すわけにはいかぬ」

「ルクレス様にそのように言われては仕方ありません」

そう言うとムナカタは立ち上がる。

「戦うしかありませんね」

ムナカタは村正を引き抜く。

「覚悟せいや！」

叫びながらいきなり切りかかってくる。

「うわ！　あぶな！」

ルクレスはびっくりしながら避ける。

「な、なんだこいつは！」

あまりの変貌ぶりにホルストは動きが止まる。

「ホルストさんは私の後ろに隠れてください！」

ジョゼはホルストの前に出て庇《かば》う。

ムナカタの態度は先ほどまでの紳士的なものとは全く異なるものであった。

ルクレスは雷虎を構える。

「ジョゼ殿はホルスト殿の保護を優先してくれ。ムナカタ殿は私が倒す」

「わかりました！」

「ゆくぞムナカタ殿！」

ルクレスはジョゼに指示を出すと、ムナカタに向けて踏み込む。

ガキン！　ガキン！　ガキン！

刀がぶつかり合う音が響き渡る。

「す、すごい。聖剣を使ってないとはいえ、ルクレスさんと互角にやり合っている」

ムナカタはただの鍛冶屋とは言えない攻撃を繰り広げる。

「ぐっ……」

しばらくすると、ルクレスが押され始めた。

「えい！」

ルクレスは一度強く切りつけると距離を空ける。

ルクレスは違和感を覚えていた。

切り合うたびに、段々とムナカタの攻撃が強力となり、ルクレス自身は段々と体が重くなっていった。

「はあ、はあ、はあ。雷虎では相手にならないか」

ルクレスは聖剣を構える。

「行くぞ！」

再び、ムナカタとルクレスは切り合う。

聖剣の能力のおかげか、先ほどまでの違和感はなくなっていた。

「さすがは聖剣だ。村正と遜色ない」

ムナカタは恍惚という言葉がぴったりな顔になっていた。

数度切り合うと、両者は距離を取る。

「ふむ。これでは埒が明かないな。ムナカタ殿」

「なんだ？」

「ここは先ほどのムナカタ殿の提案通り、お互い撤退しないか」

「ほう。よかろう。私も今一度自分と村正を鍛え直す必要があるようだしな」

そう言うとムナカタとルクレスは互いに剣を収める。

「それでは、お先に失礼させていただきます」

ムナカタは頭を綺麗に下げると、飛び去って行った。

「ひ、姫様！　大丈夫ですか！」

「ああ、大丈夫だ」

「けど、帰してよかったんですか？」

ジョゼがレイピアを収めながら聞く。

「なに。トウキ殿にはエリカ殿やフランク殿がいる。すぐにはやられないだろう。それに、目的は達した」

「目的ですか？」

「ああ、村正の能力だ。やり合っている間に鑑定したのだ」

えっへん、とばかりに胸を張る。

「さすがです姫様！」

「すごいです。さすがルクレスさんです！」

ホルストとジョゼはキラキラした目でルクレスを見る。

「そ、そうか！　そうであろう！」

未だかつてないほどの賞賛を受けてルクレスは満面の笑みとなる。

口の端からは少しよだれが出ている。

「それでどのような能力だったんですか！」

ジョゼが尋ねる。

「うむ。こんな感じだったぞ！」

ホルストから紙とペンを借りて書き出す。

【妖刀・村正】
攻撃力　２０００　防御力　８００　闇属性　全ステータス強化（極大）
切れ味保持（永久）　速度上昇（極大）　ＨＰ吸収（５％）

攻撃上昇（毎時吸収ＨＰ相関）　人格侵食

「なんじゃこれは！！！！！」

鍛冶師として素直に驚くホルストであった。

作戦会議

「皆さんどうぞ」

「これはギルド長からのおごりよ」

ジョゼとリセさんが飲み物を配ってくれる。

今、ギルドにはワーガルオールスターＷＩＴＨホルスト～姫様を添えて～が集合していた。

「なるほど…、ってそれじゃあ俺が狙われるんじゃないか！　しかも、そんなヤバい奴に！」

「ああ…。まだ、二十四歳なのに未亡人になるんだわ」

「エリカ殿、大丈夫だ。伯爵令嬢のエリカ殿にならば結婚相手を紹介してやれるぞ」

「ルクレス、ありがと」

「いやいや！　今トウキさんに死なれたら困るっす！」

「アベル。ありがとう。エリカよりもお前に惚れそうだよ」

「それは遠慮するっす」

「そろそろ真面目に考えませんか？」

「ふむ。ジョゼの言う通りだな」

ジョゼとフランクさんが場をまとめる。

「ムナカタがいい奴なのはわかったけど、向こうが仕掛けてくる以上、やるしかないよなぁ」

「しかたないわよね」

「私としてもトウキ殿とエリカ殿に賛成だ」

「姫様の言う通りです！」

「じゃあ、ムナカタを返り討ちにするということでいいな」

フランクさんが全員に同意を取る。

「そうしましょう」

俺は代表して答える。

「それから、トウキ殿」

「なんだ」

「ムナカタ殿を倒すだけじゃなく、村正を解体してほしい」

「それはまたどうして」

「妖刀の名前、魔界の宝石を使っている点、そして人格侵食という能力。これらから、おそらくあれは人の負の感情を増幅させる類のものなのだろう」

「なるほど。そんな危険なものを残しておくわけにはいかないな」

「そうだ。すまないが頼むぞ」

まさか、聖剣の次は妖刀を解体することになるとはなあ。

「では、作戦を考えよう」

こういうときのルクレスは頼りになる。

というか、とてもイキイキしている。

「やはり魔王のときのように最大戦力で囲んで殴るか？」

フランクさんが提案する。

「いや、それは最後にしよう」

「なぜです姫様」

「村正の能力だ。皆で囲んで叩くとエサを与えることになりかねない。経験からＨＰ吸収は身体に当たらなくても適用されるようだからな」

「なるほどな。おそらくこの人数での攻撃を防御するだけでとんでもないことになりそうだ」

みな頭を悩ませる。

「俺から提案がある」

俺の提案を聞いた皆は納得してくれた。

俺が提案し終わった直後には「大丈夫、何があっても私はトウキの味方だからね」とエリカは涙を流し、「必ずエルス家に報いるからな」とルクレスに肩を叩かれ、「ギルドでトウキの悪口を言うことは禁止にするからな」とフランクさんに励まされ、「トウキさんパネェっす」とアベルには変に尊敬された。

作戦決行は三日後となった。

もうこれで最後ですよ

会議が終わったあと、フランクさんに呼び止められた。

「なんですかフランクさん」

「うむ。実はな、お願いがあってな」

「なんですか？」

「その、そろそろ俺も武器を変えたくてな」

「おお！　ついに目が覚めたんですか？」

「ああ、そうなんだ」

そうかそうか。

よくよく考えたら俺がヤカンなんか渡したのが間違いだったたんだな。

長かった。

気が付けばあれから五年も経っている。

けど、リセさんは大丈夫なんだろうか。

いや、夫としてガツンッといかないといけないこともあるだろう。

そうだ、その通りだ！

……言っていてなんか悲しいのはなぜだ。

「それでどんな武器にしますか！」

「うむ。東方の日用品にしてほしいのだが。ルクレスの雷虎やムナカタの村正などを見ていると、東方の物がいいなと目覚めてな」

「あ、そうですか。わかりました。なんか作るのでできたら持って行きます。それじゃあ」

「トウキ、どうしたんだ。急にそっけなくなって」

「いや、なんでもないですよ。じゃあ失礼します」

「あ、ああ…」


作戦の変更や事情の変化から、ホルストは武器はいらないと言ったので、フランクさんの武器に集中することができたため、不本意ながら作業は順調だった。

翌日の夕方には完成した。

「フランクさん。できましたよ」

「おお！　トウキできたか！」

「これです」

「これは？」

「熊手です」

「なるほど。これはなんなのだ？」

「形の通り農具ですよ」

「いや、なぜ農具なのに顔面蒼白のお面がついているのだ？」

「よくわからないんですけど、『えびす』っていう人？　らしいですよ」

「ふむ。さすが東方の物品だ」

「そうですね」

俺は開き直って、リセさんに喜んでもらえるとびっきりのトンデモ日用品を作ることにした。

「それでは帰りますね」

早く帰らせてくれ。

さっきから熊手を構えたフランクさんを見て、受付嬢が恍惚の表情でクネクネしている。

これ以上あれを見るのはキツイ。

「トウキ。ありがとう」

「いえいえ。それでは」

なんとか解放された。

【縁起熊手】
攻撃力　２５００　　防御力　１２００　　重量削減（極大）
耐久性（永久）　　金運（極大）

作戦というのは非情なものです

俺たちは作戦を決行すべく、ムナカタのいる村に向かった。

「すいません。少しいいですか？」

村の青年に尋ねる。

「なんですか？」

「今日はムナカタさんはいらっしゃいますか？」

「ああ、ムナカタさんなら工房にいたよ」

「そうですか。ありがとうございます」

俺はみんなの下に戻る。

「ムナカタは工房にいるみたいだ」

「ではいよいよ」

「うむ。作戦決行だな。近衛兵よ！　作戦開始だ！」

ルクレスの号令で近衛兵が動き出す。

近衛兵はムナカタの工房周辺を固めると、村人が近づけないようにする。

それと同時に、ムナカタの工房に火を放つ。

さらに、家の周辺をルクレスたち超人組が素早く鉄板で囲む。

空を飛んで逃げないように四方八方を塞いでいる。

そう。

俺たちの作戦はなんてことはない。

暗殺しよう。不意打ちしよう。隙を突こう。卑怯・残酷と言われようとも挫《くじ》けない心を持とう。

生き物は焼けば死ぬ。

以上である。

近衛兵の囲いの外側からは、「な、なぜムナカタさんの家に火を放つのじゃ！」「なにをしてるのよ！　早く助けなさいよ！」「ムナカタさんを助けに行くんだ！　おい兵士！　邪魔をするな！」「いやぁぁぁぁぁーーー！！！」といった阿鼻叫喚《あびきようかん》が聞こえる。

もうこれどっちが魔族かわからないな。

「おおおおおおおおぉぉぉぉ！！！！！」

工房の方から雄叫びが聞こえる。

「覚悟しろよ！　クソ野郎ども！」

そう叫ぶ声と共に、村正で鉄板を攻撃しているのであろう、金属のぶつかる音が響く。

しかし、その鉄板は今日のために俺が丹精込めて作った鉄板だ。

熱伝導も耐久性もばっちりである。

鉄板は生物じゃないから、いくら攻撃したところで村正の攻撃力は上昇しない。

俺たちはただただその様子を見つめていた。

今は、フランクさんが熊手を使って焼け跡から村正を探していた。

村人にはルクレスから事情を説明して納得してもらった。

こんな終わりこそ俺たちらしい

フランクさんが焼け跡から村正を見つけ出して、解体して数日が経った。

俺たちは元の平和な日々を過ごしていた。

エルス家は免税を勝ち取った。

ルクレスから聞いたところによると、アーネストはムナカタの最期を聞いて、「ざまあみろ」と大変喜んでいたそうだ。

ホルストは今回の一件で自分の不甲斐なさを感じたとかで、諸国放浪の旅に出ている。

フランクさんは、熊手のおかげで、ダンジョンに潜るたびに財宝を見つけ出し、ますます夫婦仲がよくなっていた。

今ではギルドの壁に何個もえびすのお面が飾ってある。

今日はアベルを工房に呼び出していた。

「アベル。作ってもらいたかった物ってなんなんだ？」

「いえ、自分活躍できなかったので」

「まあ、そう言わずに」

「いえ、ホントに大丈夫っす。自分に自信が持てたらまたお願いするので、そのときはお願いします」

「そうか、そこまで言うなら仕方ないな」

「はい。それじゃあ、失礼します」

アベルはそう言うと工房をあとにした。

「あら、何か落として行ったわよ」

エリカは一枚の紙を拾う。

そこには指輪のデザインが描かれていた。

「ほう。なるほどなあ」

「ふむふむ。これは人生の先輩としてひと肌脱いであげないとですなぁ」

「まあ、アベルが依頼に来るまでに指輪の練習をしておいてやるか」

「ふふふ。そうだね」

久しぶりにいいニュースが聞けそうで俺たちは思わず微笑み合う。

指輪のデザインには、内側に『ジョゼ』と書かれていた。

魔王討伐から数百年後――やりすぎた結果

「はーい、みなさん。注目してください」

引率の先生が展示物の一カ所を指し示す。

「これが、今から数百年前に勇者ルクレスが使っていた刀の雷虎です」

引率されている生徒たちは興味津々といった様子で雷虎を見つめている。

この世界において、勇者ルクレスの話は幼いころから聞かされる、御伽噺《おとぎばなし》のようなものであり、誰しも子供のころは憧れるものである。

猛吹雪の山を踏破し、誰も攻略できなかった塔を攻略し、熱射の照り付ける砂漠で伝説の遺跡を探索し、帝国との戦争で一振りで敵を殲滅し、邪悪なる魔王を討ち果たした。

そんな御伽噺である。

「先生！」

「はい、なんですか？」

「あっちの展示物はなんですか？」

生徒の一人が別の展示物を指し示す。

そこには大量の日用品が展示されていた。

「これはね、昔の遺跡から発掘された日用品よ」

「なんで遺跡から発掘されたのにこんなにも綺麗なの？」

「さあ、先生にもわからないわ。ただ、王国政府は遺跡から発掘された日用品は必ず回収しているそうよ」

「へー。なんでですか？」

「うーん。貴重な資料なんじゃないかな。さあ、みなさん次はいよいよお待ちかねの聖剣エクスカリバーのコーナーですよ」

「「やったぁー！！！」」

子どもたちは大はしゃぎで先生のあとをついて行く。

スピンオフ　二人の出会い

「ねえリセ、あなたもせっかく王都の学校に来たのだから、もっと遊びなさいよ」

「私は遠慮しておくわ。遊ぶために王都に来たのではないのだから」

「堅いなぁ。勉強ばっかりじゃ疲れるでしょ？　勉強の息抜きに遊ぶことも必要よ」

「そうかもね。考えておくわ。それじゃあ」

「あ、ちょっとリセ！」

私は父の勧めで、十五歳になると王都の学校で学んでいた。

今後旅館を継ぐにしろ別の仕事をするにしろ、経営や会計について勉強しておくことは有意義なことだと思った私も二つ返事で王都の学校に進学した。

王都の学校では非常に高度な教育を受けられたし、王都の図書館には膨大な量の書籍があり、私の知的好奇心を満たしてくれるとても素晴らしい場所であった。

一方で、王都はこの国で一番の都会であり、学友たちは多かれ少なかれ、遊びにも熱心だった。

遊びにばっかり熱心な人も多かったが。

「さて、今度提出しないといけない課題でもするかな」

そう呟いて私は王都の図書館へと向かう。

「ちょっと、そこのお姉さん」

図書館への途中で三人組の男性に突然声を掛けられる。

「なにか用事でしょうか？」

「なにか用事もなにも、男がねえちゃんみたいな若くて綺麗な人に声を掛ける理由なんて一つしかねえだろぅ？」

男の一人が酒くさい臭いをさせながら話しかけてくる。

「すいません。私急いでますので」

そう言って通り過ぎようとする。

「おいおいおい。待った待った」

別の男が腕を掴んでくる。

ただの女学生の私には振りほどくことなど到底できない。

「お願いします。放してください」

周りの人間は関わりたくないという顔で通り過ぎる。

これがワーガルなら、鍛冶屋のおやじさんや道具屋のおやじさんが駆け付けてタコ殴りにしたあと、身ぐるみ剝がして雑貨屋のおやじさんがそれを売り飛ばして、服屋のおやじさんがボロ切れを着せたのち、反省するまでカフェのおやじさんのところで働かされるはずだ。

「まあ、まあ。落ち着いて、とりあえずあそこの飲み屋で話そうよ」

最初に声を掛けてきた男がそう言って一軒の飲み屋を指差す。

「い、いやです！　だ、誰か助けてください！」

私は腹の底から声を出す。

衛兵でもなんでも来て、お願い！

「おい。やめてやれ」

突然男性の声が聞こえる。

声の方を見ると一人の壮年の男性が立っていた。

「なんだおっさん？」

酒くさい男が話しかける。

「いや、俺はまだ二十五歳なのだが…」

あ、ごめんなさい。私もそれぐらいの人だと思ってました。

訂正します。

声の方には一人の青年が立っていた。

「ともかく、このお姉さんは俺たちと遊ぶんだから邪魔しないでくれないかな？」

「俺は非番だが王国軍の兵士だぞ。お前たちこそやめておいた方がいい」

「ははは。そりゃ装備があるならビビるけど。今のあんたにビビるかよ」

酒の入った男はそう言うと、突然殴りかかる。

バシッ！

「な、なんだ!?」

王国軍兵士の青年は酔っ払いの拳を受け止める。

「忠告はしたからな」

そう言うと酔っ払いを殴り返し、一撃でノックアウトしてしまった。

「こ、このやろう！」

もう一人の男が殴りかかる。

が、それも軽々と倒す。

「おい！」

私を掴んでいた男はそう叫ぶと、私の首筋にナイフを突き付けてくる。

「この女がどうなってもいいのか！」

うーん。別に私この人の恋人でもなんでもないから、そのセリフはどうなんだろう。

などと、なぜか冷静になっていた。

「おい」

突然王国軍の青年が私に呼びかける。

「は、はい！」

「動くなよ」

「へっ？」

それだけ言うと、王国軍の青年はポケットから何かを取り出して、私を掴んでいた男の頭に思いっきり投げつけた。

「げふっ！」

男はそれだけ言うと倒れてしまった。

倒れた男の横には香辛料の入った瓶が落ちていた。

「大丈夫ですか」

「私と結婚してください」

「はい？」


「っていう情熱的な出会いだったのよ。まあ、私ったら興奮して話し過ぎたわ」

俺たちはギルドでその話を聞かされていた。

うっかりジョゼが「リセさんとフランクさんはどうやって知り合ったんですか？」なんて聞くからだ。

既にこの話を何回も聞かされたエリカは上の空である。

「そうだトウキ君！　香辛料入れの瓶とか作る予定は…」

「ないです」

「えー、ひどいわ」

「あの…、フランクさんはなんで香辛料の入った瓶なんて持っていたんですか？」

ジョゼが尋ねる。

ああ、やめろジョゼ。それを聞いてはいけない。

「リセを助ける前に、王都の商店街の福引で偶々当たったんだ」

「へ、へぇ…。人生何があるかわかりませんね…」

「そう！　まさに運命よね！」

再びリセさんに火がついてしまった。

エリカは空のコップを何度も口に運んでいた。


「ほら、トウキ君。うちの娘のエリカだ」

「ははは。道具屋、娘の成長が嬉しいからって、ちょくちょく見せに来なくてもいいじゃないか」

「いやいや、これから先ずっと、近所同士お世話になるんだから。なあトウキ君」

「おいおい。トウキはまだ二歳だぞ」

「トウキ君も、エリカのこと好きだよな？」

「てちゅ」

「ん？」

「てちゅ《鉄》がすき」

道具屋の顔面は蒼白だった。

あとがき

本作をお読みいただきありがとうございました。

いかがでしたでしょうか？

本書は作者の暇つぶしのために書き始めたものでした。

もともとライトノベルに限らず小説やネット上のＳＳなどを読むのが大好きで、自分でもなにか世界を表現できたら楽しいだろうなと思ったのがきっかけでした。

そのとき方針として決めたのは「時間も力量もないしハーレムは書けない」「時間も力量もないしストーリーはポンポンと進めよう」「時間も力量もないし長々と連載するのは止めよう」この３つでした。

そして、「時間も力量もないから細かく設定しなくてもある程度好き勝手出来る世界にしよう」と世界観をファンタジー世界に設定しました。

最後に「せっかくだからハチャメチャな話にしてしまえ」と思い、誕生したのが本作『聖剣、解体しちゃいました』です。

ネット連載時には心が折れかけて、筆を置こうとしたこともありましたが、作品を読んで下さっていた方々の温かいお言葉のおかげで、連載を続け、書籍化までさせていただきました。

その皆様になにがしかの恩返しができていたら嬉しい限りです。

少しでもクスッとするシーンやワクワクするシーンはありましたでしょうか?

もしそうした楽しみを感じて頂けたなら、作者としては幸いです。


さて、ここからは少しお話の裏話についてお話させていただきます。

実は最初フランクさんはあんまり登場する予定ではなかったんです。

さらに言うならリセさんなんて名前だけの登場の予定でした。

ところが作者がヤカンを持たせたことによって、人気キャラクターとなり彼ら夫婦の扱いは180度変わってしまいました。

まさかこんなことになるとは思わず、色々と書き直したり、ストーリーを考え直したことを記憶しております。

気が付けばシソ様に素晴らしいイラストを描いていただけるキャラクターとなっておりました。

最後となりますが、この場をお借りいたしまして本作のキャラクターたちの挿絵を書いて下さったシソ様には厚く御礼を申し上げたいと思います。

素晴らしい絵によって『聖剣、解体しちゃいました』の世界観を表現してくださいました。

心の底から嬉しく思います。
そして、書籍化など初めてで右も左もわからない私のことをここまで支えて下さり、ご助力を頂きましたアース・スターノベルの溝井裕美様にも感謝の気持ちを伝えたいと思います。

心裡

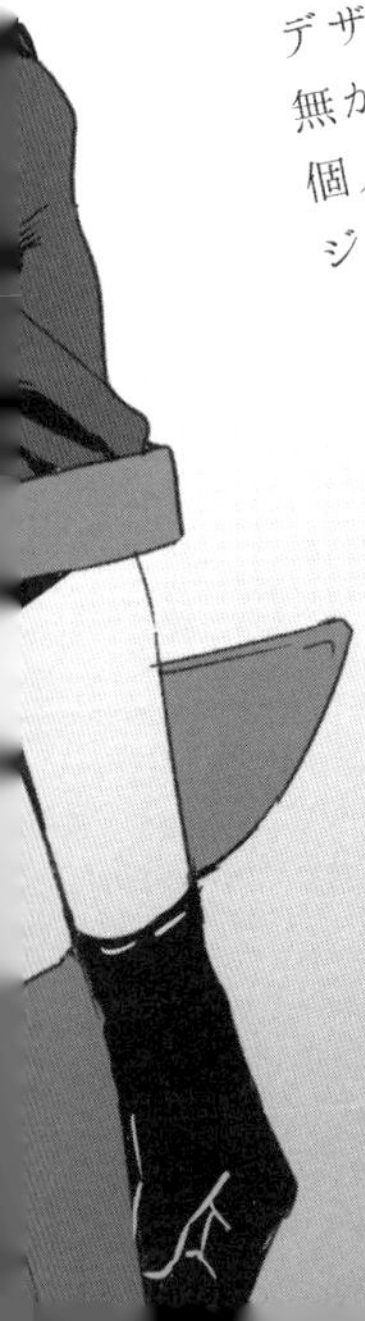

デザインはしたものの中身のイラストでは描く事の
無かったアベルくんをここで消化させていただきました。
個人的に気に入ってるコンビでもあるので描けて嬉しいです！
ジョゼとうまくいってほしー！！応援してるぞ！

フランク
リセ

聖剣、解体しちゃいました

I have taken the holy sword apart.

キャラクター設定資料集①

アーネスト

聖剣、解体しちゃいました I have taken the holy sword apart. キャラクター設定資料集②

累計30万部突破の
大人気作!!
小説家になろう
50万作品の
年間ランキング
第2位!
続々重版中!
私、能力は
平均値でって言ったよね!
FUNA
5